手段を選ばない腹黒御曹司はママと息子を求め尽くして離さない

～旦那様の執愛は激しすぎてストーカー寸前です～

m a r m a l a d e b u n k o

桃城猫緒

マーマレード文庫

目次

手段を選ばない腹黒御曹司はママと息子を求め尽くして離さない
～旦那様の執愛は激しすぎてストーカー寸前です～

手段を選ばない腹黒御曹司はママと息子を求め尽くして離さない

～旦那様の執愛は激しすぎてストーカー寸前です～

一　甘すぎた初恋

三園《みその》すず、二十歳。親なし、兄弟なし、親戚なしの天涯孤独《てんがいこどく》。

将来の夢は温かい家族を作って、みんなで食卓を囲むこと。

「いただきまーす」

小さな小さなワンルームに、私の明るい声が響く。目の前のテーブルには焼きたてのバナナキャラメルトーストと、お気に入りのマグカップで湯気を立てるハニージンジャーミルク。それから、お父さんとお母さんの遺影《いえい》。

「おいしい！　バナナをお砂糖で軽く煮詰めただけなのに、カフェのメニューみたい。それに蜂蜜と生姜《しょうが》を入れたミルクも、あったまる〜」

私の大きな独り言に、遺影のお父さんもお母さんも返事をすることはない。けどふたりとも写真の中でニコニコしてるから、なんだか「そうだね、おいしいね」と相槌《あいづち》を打ってくれている気持ちになれるのだ。

「今日から短期のインターンシップが始まるんだ。ほずみ冷凍食品ってとこ。お父さんもお母さんも知ってるよね、ほずみフーズ。昔から有名な食品会社だもんね」

遺影の両親と会話するのも、もう慣れた。私が中三の修学旅行中にふたりが事故で亡くなってからだから、かれこれ六年になる。

父母共に短命の家系なのか祖父母はおらず、伯父や伯母もいなかった私はあっさりひとりぼっちになってしまった。その後は福祉を頼り保護施設で高校卒業までお世話になり、今は奨学金で大学に通いながらひとり暮らしをしている。

学業の合間を縫《ぬ》ってアルバイトで生活費を稼いでいるので暮らしは決して楽ではないけれど、きっとそれもあと少しの辛抱《しんぼう》。社会人になってちゃんとした会社に勤めれば、今よりずっといい暮らしができるはず。

あとはバリバリ働いて出世して貯金して、三十歳を過ぎる頃に素敵な伴侶を捕まえて、家を買って子供を作って……なんて将来の計画は、ちょっと高望みがすぎるかな？　でもやっぱり、家庭は作りたい。六年前までの私の家族のような、温かい家庭を。

「ごちそうさまでした」

食べ終えた食器に手を合わせテーブルの前から立ち上がると、私は急いでキッチンへ食器を運んだ。キッチンとはいってもシンクとシングルコンロが部屋の隅にあるだけなんだけど。狭いといえば狭いのだけど、ひとり暮らしにはこれぐらいがちょうどい。インテリアも私の好きなイエロー系で統一できるし、お掃除だってラクチンだ。動物は飼えないけど、ベランダの洗濯機の隣でハーブなら育てられる。なんて素敵な私のお城。

「おはよう。今日も元気に育ってね」

手早く洗い物を済ませたあとはベランダのハーブに水をやり、再びテーブルに戻ってメイクに取り掛かる。お化粧中はなんとなく恥ずかしいので、お父さんとお母さんの遺影には後ろを向いててもらうことにした。

鏡に映る私は今日もご機嫌そうだ。かまぼこ型の大きな目と生まれつき上がり気味な口角のせいで、私の顔はいつも笑っているように見える。昔からよく『すずちゃんはいつもご機嫌な顔をしてるね』と言われたからか、性格まで楽天的でご機嫌になったみたい。両親を亡くし天涯孤独になってもあまり悲壮感がないのは、きっとそのせいだ。

そもそも両親とも素の顔が笑顔っぽいのだ。お母さんは私そっくりだし、お父さんはタイプが違うけど三日月型の細い目は笑っているようにしか見えなかった。ふたりとも楽観的な性格だったし、私の顔も性格もご機嫌なのは両親譲りかもしれない。

そんなことを思いながらマスカラを塗っていた私は、まだ部屋に漂うキャラメリゼの甘い香りに、鼻をクンクンさせる。

「バナナキャラメルトースト、簡単でおいしかったな。また作ろ」

共働きだったお母さんは家庭料理のプロだった。時間のあるときは手の込んだものを作ってくれるけど、忙しいときは冷蔵庫にあるものでパパッと作るのが得意で。子供の頃の私にはそれがまるで魔法みたいに見えて、お母さんの料理が大好きだった。

だからかな、今でも『お手軽』とか『ひと工夫』みたいな料理が好きなのは。

猫っ毛のセミロングヘアをドライヤーとヘアスプレーで整え、かしこまった紺色のスーツに着替える。そしておろしたてのビジネスバッグを肩に掛けてから、両親の遺影に「いってきまーす」と手を振って玄関を出た。


「わぁ……っ、おいしい……！」

ほずみ冷凍食品株式会社での短期インターンシップ初日。会社説明が終わり、私たちインターン生はグループワークの説明を受けていた。

グループワークの課題は、ほずみ冷凍食品株式会社で今週発売開始されるニュー冷凍餃子《ぎょうざ》に〝ちょい足し〟したメニューをプレゼンテーションするという、ユニークなものだった。

はじめにニュー餃子の試食をさせてもらったのだけど、私はそのおいしさにうっかり感激してしまう。

『おいしい……！』と目を輝かせた私に、担当の女性社員さんはキョトンとしたあと、くすぐったそうに笑った。

「素直においしいって言ってもらえると嬉《うれ》しいわね」

残りの餃子をモグモグと咀嚼しながら、私はコクコクと頷いた。だって本当にこの餃子おいしい。レンジアップの商品なのに皮はパリパリだし野菜の甘みが感じられるし肉汁がジューシーだし……！

やっぱり老舗《しにせ》でトップを走り続ける食品会社はすごいなあ、なんて感動しているうちに、グループワークの説明が着々と進んでいく。私は慌《あわ》てて気を取り直して担当社員の話に耳を傾《かたむ》けた。

インターン生は四人ひと組となり、研修室に用意されている調味料や材料を使って餃子に〝ちょい足し〟をして、そのおいしさをアピールする資料を作りプレゼンする。

一見簡単な企画だけど、消費者のニーズと合っているか、商品の特徴を理解しているか、目を引く斬新《ざんしん》さはあるか、その魅力をどうプレゼンするかなど、マーケティング能力や企画力、発想力などが問われる。もちろん積極性やコミュニケーション能力なども。

各グループ早速作業に取り掛かり、私たちのグループはまずは餃子に何を足すか実験しつつ話し合った。研修室の壁はガラスパーテーションでフロアから丸見えのうえ、担当社員以外にも様々な人が出入りして様子を見ていった。私もそうだけどインターン生たちは社員からの視線を気にして、みんなソワソワしていた。

「塩とごま油とかシンプルなほうがいいと思います、もとの味がおいしいし」

「ガツンとパワー系で豆板醤《とうばんじゃん》ベースにネギとニラたっぷりとかは？」

「レモン汁とパクチーならお洒落《しゃれ》で女子受けしそうじゃないですか？」

続々と個性的なちょい足しが提案され試食を繰り返す。どれもおいしいけど何かが違う気がして行き詰まってきたとき、私は調味料の台からマヨネーズとカレーパウダーを取ってきた。

「カレーマヨって平凡じゃないですか？」

「カレー味だともとのおいしさが消えちゃう可能性が……」

グループのメンバーからはそんな意見が出たけど、私は小皿の上でマヨネーズとカレーパウダーを混ぜ合わせ、餃子につけて味見をしてみた。……うん、やっぱりこれだ。

「おいしい。素材の味が濃いからカレーの香りにも負けてないです。それにすごく子供が好きそうな味。もし私がお母さんだったら子供と一緒にこれが食べたいな」

そう述べた私の言葉に、グループのメンバーがハッとする。

ほずみ冷凍食品のメインターゲットはファミリー層だ。みんなよい成果を上げようと個性的な案を追い求めすぎて、基本的なことを忘れていたに違いない。

それからは早かった。子供でも大人でも楽しめるという方向性を得たことでちょい足しメニューもすぐに決まり、プレゼンの資料もスムーズに作成できた。


計三日の短期インターンシップはあっという間に終わり、最終日にグループごとにもらえたフィードバックは悪くない評価だった。

これで内定が出やすくなるといいなと思いながら、私はほずみ冷凍食品の入っているオフィスビルから最寄りの駅へ向かって歩いていた。

他にも何社かインターンシップには参加したけど、ほずみ冷凍食品が一番待遇がいい。福利厚生もしっかりしていてお給料も高い。社風も明るくて雰囲気がよいことがこの三日でわかったし、何よりこの会社の作っている商品に魅力を感じる。会社が掲げている『忙しい中でも家族が笑顔になれる食卓のお手伝い』という理念は、母の家庭料理が大好きだった私の心に訴えるものがあった。

今は大学三年生の冬。就職活動が本格化するのは四年生になってからだけど、できればここに就職したい。そんな願いを籠めながら遠目に見えるオフィスビルを何度も振り返って歩いていた私は、うっかり地下鉄への階段を踏み外しそうになってしまった。

「きゃ……！」

ガクンと体が落ちる感覚があって、咄嗟に手摺《てす》りを掴もうとする。そのとき後ろから誰かに腕を引っ張られ、私は転げ落ちていくことなくもとの場所に足をつけることができた。

「あ、危なかった～」

まだドキドキいう胸を手で押さえ、息を吐いてから振り返る。

「大丈夫ですか？」

大きな手で私の腕をしっかり掴んでくれていたのは、スーツ姿の男性だった。

二十代半ばくらいだろうか。顔も、すらりと背の高い体も若々しい。切れ長の目は鋭くて少し圧があるけど、落ち着いた表情からは軽薄な印象は感じられず、どこか上品さが漂っていた。

「ありがとうございます、あやうく落っこちるところでした」

お礼を告げると、彼はニコッと目を細めた。爽やかで人をいい気分にさせるような、とても素敵な笑顔だ。

「どういたしまして。怪我がなくてよかったです」

そう言って彼はニコニコする。私もつられてニコニコしたけれど……。

「……本当にありがとうございました」

「いえ、偶々《たまたま》ですから」

「……あの」

「はい？」

「て……手を……」

男性の右手はずっと私の腕を掴んでいる。申しわけないけれど、そろそろ放してほしい。

「あっ、失礼しました！」

自分でも掴んでいる自覚がなかったのか、男性は慌てて手を放す。そして「気持ちが先走ってしまって」と頬を染め照れくさそうにはにかんだ。どういう意味なんだろう？

改めて見ると男性はとても恰好《かっこう》よかった。百八十センチを優に超えている長身はモデルみたいだし、顔立ちも整っている。アップバングの髪に仕立てのよさそうなスーツ、高級そうな腕時計など立派な身なりからは、さぞかし大きな企業のビジネスマンなのだろうということが窺《うかが》えた。

私とは別世界の住人って感じだな、と心の隅っこで思いながら、改めて頭を下げる。

「本当にどうもありがとうございました。それじゃあ」

三度目の礼を告げて踵《きびす》を返し、地下鉄の階段を下りていこうとしたときだった。

「あっ、ちょ……。えっと。あ、あいたた……！　突き指した……かも」

「えっ？」

驚いて振り返ると、男性は右手の人差し指をさすっていた。もしかして私を助けたときに痛めてしまったのだろうか。責任を感じ慌てて階段を駆け戻り、彼の右手を両手で包み込む。

「ごめんなさい、私のせいですよね。どうしよう。病院行きますか？」

見た感じは特に異常はないけど、これから腫《は》れるかもしれない。エリートビジネスマンっぽい人なのに、怪我のせいで仕事に支障が出たらと、申しわけない気持ちでいっぱいになった。ところが。

「ご……ごめんなさい。嘘《うそ》です……」

頭の上から消え入りそうな声が聞こえ、私は目をまん丸くしながら彼の顔を見上げた。

「え？」

「嘘です。……あなたともう少し話がしたくて咄嗟《とっさ》に変なこと言っちゃいました。ごめんなさい」

彼の顔は真っ赤だった。反省しているのか眉尻《まゆじり》を下げた表情は困っている子犬みたいで、そんな顔を見られるのが恥ずかしいかのように左手で口もとを隠していた。

「えーと……つまり？」

彼の言っている意味がわからなくて、私は手を掴んだまま首を傾《かし》げる。すると彼は一度目を泳がせてから私を見つめて、おずおずと口を開いた。

「ひとめ惚れです。付き合ってください」

彼は名前を羽生田豪《はにゅうだごう》といった。年齢は二十三歳、とある企業のサラリーマンだそうだ。

なんとも奇妙で衝撃的な出会いと告白だったけれど、私たちは付き合うことになった。もちろん最初は警戒したけれど、まずは友達からでいいという彼の提案に乗ったところ、私はあっという間に彼に堕《お》ちてしまったのだ。

こういうのを『絆《ほだ》された』っていうのだろうか。顔を合わせたときのはにかんだ笑顔も、既読後すぐに返信してくれるメッセージも、電話のときの嬉しさが滲《にじ》み出ている声も、豪さんからは私を好きな気持ちが溢《あふ》れ出ている。彼が犬だったら絶対にちぎれるほど尻尾を振っていたに違いない。

それでいて決して無理強《むりじ》いはせず、それどころかやたらと気遣《きづか》って私のプライベートには踏み込んでこないほどだった。こちらから教えるまで豪さんは私の年齢も住所もメッセージのアドレスも聞かなかった。彼が犬だったら狩猟犬並みに長時間の『待て』ができたに違いない。

飼い主が大好きで従順な犬は可愛いけれど、私のことが大好きで我慢強いイケメンも素敵なものだ。友達というラインを引いたやりとりを一ヶ月ほど続け、彼を誠実な人だと判断した私は改めて告白の返事をした。もちろんＯＫの返事を。

そのときの豪さんはまさに輝くような笑顔で喜びを爆発させていたけど、私だって負けないくらいいい笑顔だったと思う。だって、この頃にはもう私は彼のことを好きになっていたのだから。

そんなこんなでお付き合いが始まってもうすぐ一ヶ月。豪さんと初めて会ったときは黄色く染まっていた街路樹の銀杏《いちょう》もすっかり葉を落とし、季節は冬……十二月になっていた。

とある水曜日。授業が終わった私を豪さんが迎えにきてくれて、そのままふたりでイルミネーションを見るために街へ繰り出した。

「ふわ〜……夢みたい……」

沿道の街路樹が青一色に光り輝くイルミネーションは幻想的で、私はフワフワと夢心地で青に染まった道を歩いた。

そういえばクリスマスイルミネーションを見に街へ出たのなんて初めてだ。子供の頃は家で家族と過ごすのが定番だったし、ひとり暮らしをしてからはバイトと学業に忙しくクリスマスなんて意識してる暇がなかった。

「私、東京《とうきょう》生まれの東京育ちなのに、こんな夢みたいな世界がすぐそばにあるなんて知らなかった。綺麗《きれい》だね、豪さん。連れてきてくれてありがとう」

嬉しくてはしゃぐ私を、豪さんはもっと嬉しそうにニコニコと目を細めて見つめていた。

「俺も。こんな夢みたいな時間初めてだよ」

「そうなの？　豪さんならなんでも詳しそうだから、イルミネーションとかたくさん見てるかと思ってた」

「うん、イルミネーションは見飽《みあ》きてる。俺が今見てるのはすずだよ」

「そっか！　じゃあ記念に写真撮ろ！」

私は豪さんの熱視線をかわすように身を翻《ひるがえ》すと、スマートフォンのカメラを起動させながら街路樹の前まで駆けていった。

豪さんが私のことを大好きだと感じるのは、決してうぬぼれや勘違いではないと思う。お友達の頃からその気持ちが言動に溢れ出ていたけど、お付き合いするようになってからはそれがますます加速している。

その結果、彼の発する言葉の三割は甘いラブメッセージになった。けれどさすがにこれは、一ヶ月経った今でもなかなか慣れない。恥ずかしくなってしまって正面から受けとめることができず、かわし方や流し方ばかりがうまくなってしまったのだ。

愛の言葉がスルーされたにもかかわらず、豪さんは笑顔のまま「すずと記念写真、嬉しいなあ」と私の隣に並ぶ。このへこたれなさが、最近は可愛いなと思えるようになってきた。

「はいチーズ」

寄り添って撮るものの体は触れ合わない。私たちはまだ手すら繋いだことがないのだ。

じつは私たち、お互い生まれて初めての男女交際。色気もなく色恋に疎《うと》い私はともかく、〝モテる男の条件を詰め込んだ存在〟のような豪さんに今まで恋人がいなかったというのはにわかには信じられなかった。ただ彼はちょっと複雑な家庭環境のようで、十代の頃に何か色々《いろいろ》あったらしい。珍しく言いづらそうにしていたので深くは追究しなかったけど、そういう事情があるのなら恋人なしの経歴も納得だ。

そんなわけで、私たちは二十代の男女にしては清く正しすぎる交際をしている。豪さんは何度か手を繋ぎたそうにしていたし、私も手ぐらい繋いでもいいかなと思っているのだけど、なんだかタイミングがわからなくて現状のままだ。

「よく撮れてる。あとで豪さんのスマートフォンにも送るね」

撮った写真を一緒に確認しながら言えば、豪さんはうっとりとした目で呟《つぶや》く。

「本当だ、よく撮れてる。すごく可愛く写ってるよ、すず。もちろんすずに可愛くない瞬間なんかないけど」

「ありがと。そういえばどうして写真撮るときって『チーズ』って言うんだろうね」

「昔に西欧から伝わった『SayCheese』がもとらしいよ。『Cheese』って言うときに口が笑った形になるから撮影の合図に使われてたんだって」

「へー。豪さん物知り」

甘い褒《ほ》め言葉をかわしつつスマートフォンをコートにしまい、再び歩き出す。

人のことはいえないけれど、イルミネーションの通りはカップルだらけだ。みんなくっついたり寄り添い合ったりしていて、交際初心者の私たちとは距離感が違うな、なんて思ったりする。

「すずは二十四日、二十五日はバイトだっけ」

隣を歩く豪さんが尋ねてきたので、私は頷《うなず》いてから答えた。

「うん。二十四日、二十五日は大学がお休みだから、泊まりがけで長野《ながの》のライブスタッフのバイトが入ってるの」

生活費のため私はバイトを掛け持ちしている。レギュラーのファミリーレストランがメインだけど、派遣会社の単発バイトにも登録しているのだ。単発バイトは不定期だけど時給が高いものが多い。特にクリスマスのイベントスタッフは高額なので、とてもありがたい。

「ごめんね、初めてのクリスマスなのに一緒にいられなくて」

ただ、豪さんには申しわけないと思う。彼がクリスマスを私と過ごしたかったであろうことは、火を見るより明らかなのだから。

「謝らなくていいって。すずが頑張ってるの邪魔したくないから」

そう言って豪さんは微笑《ほほえ》むけれど、ないはずの犬耳と尻尾が垂れ下がっているのが見える気がする。

「夜の十時には終わるから。終わったら電話するね」

私だってクリスマスを彼と過ごしたくないわけじゃない。けど自分のお金は自分で稼ぐしかないのだから、仕方ない。せめて電話で声を聞いて、後日一緒にケーキでも食べようと思う。

「うん。電話、待ってるから」

豪さんは嬉しそうに頷いた。こんな些細《ささい》なことでも喜んでくれる姿に、胸がキュンと締めつけられる。

そのとき、ビルの隙間《すきま》を縫ってきた冷たい風が吹きつけた。いきなり体の熱を奪われたみたいで、私はブルっと身震いする。

「さむ……」

そう呟いて口もとをマフラーにうずめると、さらにその上からマフラーが巻かれた。

隣を見ると、首筋が寒そうになった豪さんが慈しむような眼差《まなざ》しで私を見ている。

「大丈夫だよ、私もマフラーしてるし。豪さんが寒くなっちゃう」

「ふたつ巻いてればもっと温かくなるよ。俺は寒くないから、すずが使って」

「でも豪さん風邪ひいちゃう」

「そんなにやわじゃないよ」

豪さんは私の首にマフラーをしっかり巻き直すと、「可愛い。雪ダルマみたい」と小さく笑った。

確かに私の首もとはモコモコで、けれどとっても温かい。私の赤いマフラーの上に、豪さんのベージュのマフラー。頬を擦《す》り寄せてみたら、とても柔らかくて気持ちよかった。

「どうもありがとう」

微笑んで礼を告げると、豪さんの頬が微《かす》かに赤く染まった。それから彼は私を見つめたまま、真剣な表情で口を開く。

「手……繋いだらもっと温かくなるよ」

ああ、私は豪さんのことが好きだなと思う。こんなにカッコいいのに、もう立派な大人なのに、まるで恋を覚えたての少年みたいな彼が好きでたまらない。

私は自分の頬も赤くなっているのを感じながら、そっと豪さんの手を取った。

それからふたりでお互い手袋をしていたことに気づき、笑いながら片手だけそれを外して手を繋ぎ直した。

豪さんの手は温かくて大きくて、指は骨の感じがゴツゴツしてたけど、全体は思ったよりスベスベしていた。これが男の人の手なんだなあ、なんて密かに感動する。

豪さんは私の手を包むように優しく握っていたけど、時々想いが溢れ出るようにギュッと力が籠もった。

ようやく私たちが恋人らしい一歩を進み始めた日だった。


それから二週間後のクリスマス当日。

ライブ会場の片付けも済み、ようやくすべての仕事が終わった私は他のスタッフと一緒に会場を出る。時間は夜の十時過ぎ、クリスマスといえどさすがにこの時間はもう街も静かだ。

現地と東京への送迎は派遣会社がバスを出してくれている。これから夜通しバスで移動して、早朝に東京駅前に着く予定だ。

男女混合だし乗り心地もいいとは言えないけど、体はクタクタなのできっと爆睡しちゃうだろうなと思いながらバスターミナルへ向かっていたとき、ポケットの中のスマートフォンが震えた。

【迷惑じゃなければ迎えにいってもいい？】

画面に表示された新着メッセージに、私は目を丸くする。言うまでもなく、それは豪さんからのものだった。

「長野まで遠いよ？　それにあと十五分でバスが出るから」

気持ちは嬉しいけど都内から長野まで、高速を使っても三時間以上かかる。来る豪さんも大変だろうし、私も寒空の下そんなに待てない。すると。

【仕事の都合で近くまで来たから、もしよければと思って】

そんなメッセージが返ってきて、私はひとりで苦笑を零す。

仕事なんてきっと嘘だ。こんな都合よく私のバイトと場所も時間もピンポイントで被《かぶ》るわけがない。

私に会うため三時間も車を走らせてきたのに、それでも無理強いはしてこないところがなんとも彼らしい。

【会場の駐車場で待ってます】

そうメッセージを返し、私はスタッフのリーダーにバスを使わないことを告げると、会場裏にある一般駐車場に向かって小走りで向かった。

豪さんの車はそれからたった三分後にやって来た。いったいどこから連絡してきたのやら。

「待たせてごめん。寒くなかった？」

車から降りてくるなり開口一番そう言った豪さんに、思わず噴き出してしまう。

「五分も待ってないよ。早く着きすぎてびっくりしてるくらいなのに。豪さん、どこから連絡してきたの？」

そう尋ねると、彼は「……わりと近く」と困ったように笑って、私のリュックを受け取り車の後部座席に乗せてくれた。

初めて見た豪さんの車はハイグレードのミニバンだった。ファミリーカーとしての人気も高いけど、グループでのアウトドアを楽しむのにも向いていると、テレビの宣伝で見たことがある。知らなかったけど、もしかして豪さんアウトドアとか好きなのかな？

車体はピカピカで、「おじゃましまーす」と乗り込んだ助手席もまだ新品のように綺麗だった。バス以外の車にあまり乗ったことがないので、土足で乗っていいものかハラハラしてしまう。

「これ使って」

シートベルトを締めていると、豪さんは後部座席からブランケットを取って渡してきた。それからドリンクホルダーに私の好きなオレンジジュースを置いてから、エンジンをかけた。

「わざわざ迎えにきてくれてどうもありがとう。ここまで遠かったでしょ」

豪さんはスーツを着ていたけど、車内にはビジネスバッグや書類などそれらしき荷物はない。仕事じゃないのはバレバレだ。

すっかり見抜かれていたことに、豪さんは恥ずかしそうに口を引き結んだけど、結局眉尻を下げて照れた笑みを浮かべた。

「……すずの邪魔にはなりたくないと思ってるんだけど、どうしても会いたくて。わがままでごめんね」

「わがままじゃないよ。私も会いたかったたし、会いにきてくれて嬉しかった。ねえ、豪さん。そんなに遠慮《えんりょ》しなくてもいいよ。私ちょっとやそっとのことで、豪さんのこと嫌いになったりしないから」

車を発進させようとしていた豪さんは、私のほうを向いて目を丸くしている。そしてエンジンを切りハンドルから手を放すと、囁《ささや》くような声で尋ねた。

「じゃあ……クリスマスプレゼントが欲しいって、わがまま言ってもいい？」

吐息のような彼の声からは、熱い緊張が感じられる。こちらを見つめる瞳にうっとりとした色が浮かび、薄闇の中でも頬が赤らんでいるのがわかった。

「い、いいよ……」

緊張がうつった私の声も小さくなる。豪さんの綺麗な顔がだんだんと近づいてきて、彼の手が私の肩に触れた。

「キスがしたい」

吐息が伝わる距離まで顔を近づけた豪さんが囁く。私はギュッと手を握りしめると、

「うん」とだけ答えて目を瞑《つむ》った。

生まれて初めてのキスは、とても優しかった。唇が触れ合うだけのキスだけど、時間が止まってしまったみたいに長い時間ゆっくりと触れ合う。そして唇が離れたあと豪さんは私をギュッと抱きしめ熱っぽく呟いた。

「愛してる」

フロントガラスには遠くのイルミネーションの青い光が反射していて、ふたりだけの空間を静かに青く染めてくれていた。

それからも私たちの交際はマイペースに進んだ。

学業とバイトに忙しい私と、社会人の豪さん。ただでさえ生活のリズムが違ううえ、私が土日や祝日にバイトを入れがちなのもあって会える日はそう多くなかったけれど、電話で一緒に年越しをしたり、冬休みの間に初詣《はつもうで》に行ったりと、楽しい時間を過ごした。

二月のバレンタインデーは偶々私のバイトが休みだったので、仕事終わりの豪さんにディナーをプレゼントしようと、初めてうちに招いた。

案の定、豪さんはとても喜び、とても緊張していた。部屋に上がり私の両親の遺影に手を合わせたあと、彼はミニテーブルの前にきっちりと正座する。私が何度「楽にして」と言っても正座を崩すことなく、時々部屋を見回しては「すずの部屋……」と呟いて赤くなった顔を手で覆《おお》って感動に打ち震えていた。こんなに喜ぶなら、もっと早く招待してあげればよかった。

「可愛い部屋だね。インテリアも明るくて、すずらしい。ここにいるだけで元気がもらえそうだ」

「ありがとう。黄色はビタミンカラーだから元気が出るよね」

「何もかもが可愛い。クッションもぬいぐるみも、そこのバクのマグカップも」

「あれアリクイだよ。十年前にお父さんが海外出張のお土産にくれたお気に入りのカップなの……って、あんまり色々見られると恥ずかしいな」

豪さんはひとしきり感動したあとは、目一杯私の部屋を堪能《たんのう》していた。そんなに見るところもないと思うんだけどな。

ディナーは鳥団子《とりだんご》のお鍋。全然バレンタインでもお洒落でもないけど、豪さんもひとり暮らしなので家庭料理っぽいものが嬉しいかなって。私もひとりではなかなか食べる機会がないので、一緒にお鍋を囲めるのは嬉しい。

いつもひとりぶんの食事しか載《の》せないミニテーブルは、コンロとふたりぶんの副菜と取り皿を載せたらいっぱいになってしまった。けれどその狭さが〝ひとりじゃない〟ことを感じられて、ワクワクした気分になる。

「鳥団子、自信作なんだ。お豆腐混ぜてあるからフワフワでおいしいの。おろし生姜もいっぱい入ってるから体があったまるし」

肉団子は材料をビニール袋に入れて混ぜ、袋の端を切って絞り出していく。こうすれば洗い物も出ないし手も汚れない。

「へー。すず、頭いいね」

豪さんは子供のように目を輝かせ感心していたけど、珍しくもない生活の知恵なのでちょっと面映《おもは》ゆい。

「テレビで観ただけだよ。さ、あとは煮えるまで少し待っててね。よかったら他のおかず摘まんでて」

お鍋に蓋《ふた》をし、副菜のお皿を豪さんの前に差し出す。

「こっちは肉団子で余ったお豆腐で作った豆腐ステーキの明太子ソースがけ。こっちはね、ポテトサラダ。これも自信作なんだ」

ポテトサラダは黒胡椒《こしょう》を利かせ、焼いたベーコンとフライドオニオンが入っている。お酒によく合うこのポテトサラダは、以前バイトしていた居酒屋のレシピを教えてもらったのだ。

豪さんが「和食にも洋食にも合うから」と持ってきてくれた白ワインをグラスに酌《く》み、ふたりで乾杯をする。お酒があまり得意じゃない私でも飲みやすい、スッキリとしたフルーティーなワインだった。

「……うまい」

ポテトサラダから箸《はし》をつけた豪さんは、そう言って目頭を押さえた。彼のことだから褒《ほ》めてくれるだろうとは思ったけど、まさか目頭を押さえるほどとは思わなかった。

「大げさだなあ、豪さんってば。ただのポテトサラダだよ」

あまり感激されても恥ずかしいので笑ってかわそうと思ったのだけど……彼がいつもと少し違う切なそうな笑みを浮かべたので、私は茶化せなくなってしまった。

「大げさじゃない。今まで生きてきた中で一番おいしい。すずが……好きな人が俺のために作ってくれたと思うと、本当においしくて」

そう話す豪さんの姿に、胸が痛いほど締めつけられる。

彼は出会った当初から、自分の家族のことをあまり語りたがらなかった。私が両親が他界していることを告げたとき、『うちは両親が離婚してる』とだけ教えてくれたけど、実家がどこにあるのかも、年末年始には親御さんのもとに帰ったのかも知らない。

過去の話を濁すことといい、何か複雑な事情があるのだろうなとは薄々気づいていた。けれどもしかしたら、私が思っていたより大きな苦しみを抱えていたのかもしれない。

そう思うとなんだか豪さんへの愛しさがどんどん膨《ふく》らんできて、私にできることを全部してあげたいという気持ちになった。

「いっぱい食べて、豪さん。おかわりもあるよ。ポテサラたくさん作ったから、よかったら持って帰って。それから……これからは豪さんが来たいときにうちに来て、ご飯食べていって。私はいつでも歓迎だから」

力を籠めて話した私に、豪さんは驚いたように瞬《まばた》きを繰り返す。そして目がなくなるほど満面の笑みを浮かべると、「すず。ありがとう」と私の両手を包むように握った。

「すずは本当に優しいね。きっと子供の頃、ご両親にたくさん愛情をもらったんだろうね」

そう語って豪さんが棚の上に飾ってある両親の遺影を眺める。写真の中のお父さんとお母さんも、今日は一段と幸せそうに笑っているように見えた。

それ以来、豪さんは時々うちにご飯を食べにくるようになった。

材料費と称して毎回十倍近いお金を渡してこようとするので、一緒に材料を買いにいって会計を折半《せっぱん》するようになった。

和洋中、豪さんはなんでもおいしそうに食べてくれた。そんな中でも彼が一番好んだのが、やはり家庭料理らしいメニューだった。高級な食材じゃなくてもいいし、手が込んだものでなくても構わない。ただ豪さんに、おいしくて体にいいものを食べてほしいなと思って作ったご飯が一番喜ばれた。

月が替わる頃に、私は初めて豪さんのひとり暮らしするマンションにお邪魔した。

新宿区《しんじゅくく》にある独身者用のマンションはまるでホテルみたいに立派で、賃貸とはいえかなり高級なことがひと目でわかった。

もしかして……豪さんってすっごいエリートのお金持ち？　そんな疑惑が今更湧いてくる。

考えてみれば彼はいつだって高級そうなスーツや時計を身に着けているし、車だって高そうなものに乗っていた。クリスマスには私のリクエストでフライパンをくれたり、出張のお土産と称して素敵な傘や枕《まくら》をくれたりしたけど、じつはかなり高級なものだったのかもしれない。

いいところに勤めてそうとはなんとなく思っていたけど……もしかして私たちとんでもなく生活ギャップがあるんじゃないだろうか。

意識すると緊張してきて、私は彼が初めてうちへ来たとき並みにカチコチになってしまった。

「いらっしゃい。すずがうちへ来てくれるなんて嬉しいな」

豪さんはいつものようにニコニコと嬉しそうに出迎えてくれたけど、広いうえに最新の家電やモデルルームみたいな家具が揃《そろ》っている室内を見て、私はますます硬くなってしまう。

「どうかした？　一応掃除したから、汚くはないと思うけど……」

なかなか部屋の奥に進み入らない私を見て、豪さんが斜め方向な心配をする。

「そ、そうじゃなくて。こんな素敵なお宅にお邪魔するの初めてだから、緊張しちゃって……」

自分を貧しいと卑下《ひげ》したことはない。世の中には自力で生活費を稼ぎながら大学に通っている学生はたくさんいるし、ちょっと慌ただしいけど普通のことだと思っていた。

けどさすがに、自分の恋人と生活レベルが違いすぎるのは怯《ひる》んでしまう。もしかして今まで無理して付き合ってくれていたのかなと、恥じる気持ちまで湧いてきた。

きっとそんな思いがぎこちない笑顔に滲み出ていたのかもしれない。豪さんは「すず？」と私の顔を覗《のぞ》き込むと、朗らかな笑みを浮かべた。

「じつはここ、知人の経営するマンションで格安で部屋を借りてるんだ。もともとモデルルームだったから家具も使っていいって言われて。綺麗だし広いんだけど持て余し気味で……我ながら分不相応だなって感じてるよ」

恥ずかしそうに肩を竦《すく》めて言う彼に、少しだけホッとした。

「そうなの？　豪さんすごいお金持ちなのかなって、ちょっとびっくりしちゃった」

「……まさか」

「もし私の生活レベルに合わせてくれてるんだったら、悪いなーって思ったりして」

自虐的なことを言ってしまった私に、豪さんがふと浮かべていた笑みを顔から消す。

「……すず。そんな悲しいこと言わないで」

言葉通り本当に悲しそうに、彼は私の髪を指で撫《な》でながら言った。途端に申しわけなさや自責の念が湧いて、「ごめんなさい」が自然に口を衝いて出た。

お互いにどんな生活スタイルを持っていようと、私たちは私たちだ。距離を感じることなんかない。お付き合いをして四ヶ月、一緒にいて楽しかった時間がふたりの真実なのだから。

「今日はお招きありがとう。豪さんのおうちに来られて嬉しい」

気を取り直して微笑めば、豪さんも真剣だった顔をふにゃりと崩した。

ふたりの休みが重なった貴重な本日は、おうちデートの予定だ。部屋で映画を観て、お散歩がてら買い物に行って、それから晩ご飯を一緒に作って食べる。たわいもないけれど彼のそばでのんびり過ごせることが嬉しい。

「お茶淹《い》れてくるから、観たい映画選んでて」

豪さんはリビングに私を案内し、自分はキッチンへと向かった。リビングはダイニングキッチンと繋がっていて、振り返ればカウンターで紅茶の用意をしている豪さんと目が合い、嬉しそうに微笑まれた。

「大きいテレビ……。こんなの電気屋さんの店頭でしか見たことない」

リビングの中央にはまるでスクリーンのように巨大なテレビが鎮座《ちんざ》している。これで観る映画はさぞかし迫力があることだろう。

私はテーブルに置いてあったタブレット端末を使って、登録してある映画サイトから何を観ようか選んだ。と、そのとき。

「ん……？」

リビングの隅っこ、棚の陰に書類用の封筒が立てかけられているのを見つけた。それだけならば気に留めることもない光景だけど、封筒に印刷されている会社のシンボルマークが……どこかで見覚えがある。

気になるけれど社名は棚の陰に隠れていて見えず、私はやけにソワソワした。

豪さんは新宿区にある会社に勤めている。製造販売系の会社でそこそこ大きいというのはわかっていたけど、私の知っている企業の関連会社だったのだろうか。

何故だろう、こんな些細なことが妙に引っかかる。思いきって封筒を見てみようと思い、ソファーから立ち上がりかけたときだった。

「すず、映画決まった？」

お茶を運んできた豪さんに背後から声をかけられ、私はドキリとして浮かしかけていた腰を戻した。

「あ、ううん。まだ」

「色々あるから迷うよな。ジャンルから絞っていこうか。すず、コメディとか好きでしょ？」

テーブルにお茶を置いた豪さんが私の隣に座る。封筒のことを聞こうか迷ったけど、彼のウキウキしている様子を見ていたら聞く気がなくなった。楽しい雰囲気に水を差してしまいそうだし、よく考えればそんなに気にするようなことでもない。

「洋画のコメディがいいかな。新しいやつがいい」

私は封筒のことを忘れ、せっかくのおうちデートを楽しむことに集中した。

「うわ……土砂降り」

晩ご飯を終えた私たちは部屋のロールカーテンを開けて、いつの間にか豹変《ひょうへん》していた天気に驚いた。

予報では夜間に天気が崩れるかもと言っていたけど、ここまでの大雨になるのは予想外だ。遠くで雷まで鳴っている。帰りは豪さんが車で送ってくれる予定だけど、これほどの土砂降りだと運転も大変そうだ。

雨が弱くなるまで待ったほうがいいかなと思いながら窓の外を眺めていたら、スマートフォンを見ていた豪さんが「すずの家のほう、雷のせいで停電してるって」と教えてくれた。

「え～困ったな。懐中電灯《かいちゅうでんとう》の電池残ってたかな」

雨の中帰宅して真っ暗な部屋が待っていると思うと気が滅入った。ひとり暮らしの停電は心細いものだ。

すると豪さんは「うちに――」と言いかけてからハッとして口を噤《つぐ》み、それから顔を真っ赤にして私に背を向けた。

「……泊まっていくといいよ。停電してたら色々不便だろうし防犯上もよくないし。明日の朝、送っていってあげるから」

私はしばらく固まったあと、みるみる顔を赤くした。

豪さんの申し出はとてもありがたい。けど、恋人同士の男女が宿泊するということは、深い意味があるわけで……。

すぐには答えられないでいると豪さんは背を向けたまま、小さいけれどはっきりとした声で言った。

「すずが嫌なら何もしない」

私は自問自答する。豪さんとそうなることが、私は嫌……なのかな。

嫌ではない。でも怖い。初めては痛いって言うし、恥ずかしいし、それに大人の階段を上ってしまった自分がなんだか想像できなくて。

どう伝えればいいのか戸惑《とまど》っているうちに、沈黙の時間が流れる。すると豪さんはパッと振り返り、眉を八の字に下げながらも屈託のない笑顔を向けた。

「ごめん、すずに責任押しつけるような狡《ずる》い言い方だった。言い直す。何もしないよ、だから気兼ねなく泊まっていって」

「……うん」

ズキンと胸が痛んだのは、彼が私を気遣ってくれているのがわかったから。

豪さんは自分を狡いと言ったけど、私のほうが狡い気がする。以前彼に『遠慮しないでいいよ』と告げたのに、結局そうさせているのは私だ。キスから二ヶ月が経つのにそれ以上進展していないのは、彼が強く迫ってこないのをいいことにそういう雰囲気をなんとなく避《さ》けていたからだ。

「お風呂《ふろ》用意しておくから、今のうちに歯ブラシとか下のコンビニで買ってくるといいよ。着替えは俺のスウェットでよければ使って」

「うん。ありがとう」

豪さんはソファーに戻ると、手もとのタブレットで湯はりの操作を始めた。私は上着を着てお財布だけ持つと、マンションの一階に入っているコンビニエンスストアへと向かった。

「えっと、歯ブラシとクレンジングと……あ、セットがあるんだ。助かる～。あとは替えの下着とタイツも……」

コンビニで必要そうなものを籠《かご》に入れながら店内を回っていた私は、衣類売り場の女性用下着の前で足を止めた。急なお泊まりなど緊急の事態を想定しているのだろう、値段は安いけど可愛くもないしお洒落でもない。

私は少し悩んでから、一番無難そうな下着を籠に入れた。そしてさらに少し考えてから「よし！」と小声で気合いを入れる。

覚悟を決めた。今夜私は豪さんに抱かれる。可愛くない下着で申しわけないけれど。

恋人同士ならばいつかはする行為だ。子供じみた恐怖に囚われてグズグズしているのは、我ながらわがままだと思う。男の人の事情はよくわからないけど、きっと豪さんはずっと我慢していてくれたに違いない。

そうして私は密かに決意を固めて会計を済ませ、ドキドキと胸を高鳴らせながら部屋へ戻っていった。


お風呂から上がると、豪さんはリビングのソファーに毛布を運んできているところだった。

「客用の布団《ふとん》がないから、悪いけど俺のベッド使ってもらっていいかな。俺はここで寝るから」

そう話しながらソファーに毛布を下ろす彼の背中に、私は思いきってギュッと抱きつく。心臓がドキドキいいすぎて爆発しそうだったけど、豪さんも驚いて固まってしまっていた。

「い……一緒に寝たい。……私、嫌じゃないよ。だって豪さんのこと好きだから」

静寂が流れた。豪さんは完全に固まっていて、だんだんと耳が赤くなっていくのが後ろから見えた。

「すず……」

ようやく絞り出したような声で豪さんは私に呼びかけると、ゆっくりと顔を振り向かせた。頬を染めたその顔は緊張と夢心地が混じったような表情で、熱っぽい眼差しが私を射た。

「そんな可愛いこと言われたら……俺、色々我慢できなくなる……」

出会ったときから恋慕《れんぼ》の色を浮かべていた瞳が、今までで一番その色を濃くする。

豪さんは静かに振り返り私にキスをすると、腕に強く抱きしめてから大きく嘆息《たんそく》した。

「……シャワー浴びてくるから、寝室で待ってて」

「うん」

豪さんが廊下に出ていってから、私もフーっと息を吐き出す。すごく緊張した。まだ何も始まってないのにもうこんなにドキドキして、いざとなったら心臓が壊れちゃうんじゃないかと心配になる。

私は熱く火照った頬を手で扇いで冷ましてから、ひと足先に寝室へと向かった。

「――あ」

豪さんがそう小さく呟いたのは、彼が私の服をすべて脱がせたあとだった。

夢中で首筋にキスをしていた彼が止まったのを見て、私は目をしばたたかせる。

「どうしたの？」

するとは豪さんは口もとを手で覆い、まるで苦悩するかのように渋い表情をして言った。

「……ごめん、本当にごめん。少し待ってて」

「え？　な、何？」

「……ゴムが……」

ゴムと言われて一瞬何かわからなかったけれど、今の状況を考えて避妊具《ひにんぐ》だと理解した。そして納得すると同時に、妙な気恥ずかしさが湧いてくる。

突然のお泊まり、しかも直前で私がOKしたせいで、避妊具を用意するタイミングがなかったのだろう。こんなことならさっきコンビニへ行ったとき買っておけばよかったと思ったけど、恥ずかしくてひとりでは買えなかったかもしれない。

「すぐ戻る。寒くないようにして待ってて」

そう言って豪さんはベッドから下りようとした。きっと急いで下に買いにいくのかも。真っ最中でも避妊を怠《おこた》らない彼の誠実さに感激するものの、裸でひとり残されるのも虚しい。

そのとき、私はあることを思い出して咄嗟に彼の腕を掴んだ。

「あ、待って。私、持ってるかも」

豪さんにバッグを取ってきてもらい、中を探る。記憶の通り、バッグの内ポケットに折り畳んだチラシに混じってコンドームがあった。

「前にバイトで性病予防キャンペーンのチラシ配りやったの。そのチラシにコンドームが付いてて。余ってもらったのバッグに放り込んでおいたの忘れてた」

無意識とはいえ避妊具をずっと持ち歩いてたなんて、ちょっと恥ずかしい。照れ笑いを浮かべると、豪さんも恥ずかしそうに笑って「ありがとう」とそれを受け取った。

「ごめんね、ムード壊しちゃって」

ベッドに上がり直した豪さんがチュッと私の頬にキスを落とす。

「ううん。私がなかなか返事しなかったせいだから……んっ、くすぐったい……」

「すずのせいじゃないよ。……ここ、くすぐったい？」

「うん。でも……嫌じゃない」

確かにムードは少し薄れてしまったかもしれない。けど、却《かえ》って緊張が解けてよかった気がする。

豪さんはチュッチュッと私の耳もとや首筋に唇を這わせ、大きくて滑らかな手で体を撫でていった。何度も私に「愛してるよ」と告げ、そしてひとつになったときには感激と興奮で恍惚《こうこつ》としながらキスの雨を降らせた。

「愛してる。大切にする。……一生離さない」

「うん。離さないで」

「死んでも離さない」

繋がったままギュッと抱きしめてくる彼の背に手を回し、その誓いが永く続くことをそっと願った。


三月。

豪さんから「大切な話がしたい」と連絡があったのは、まだ桜のつぼみも膨らまない早春のことだった。

大切な話はホワイトデーにすることになった。「とっておきのお返しをするつもりだから」と電話で話す彼は嬉しそうで、そして少しだけ緊張を孕《はら》んだ声をしていた。

なんだろうと気になったけれど、豪さんのことだからきっと私を喜ばせようとしていることは間違いない。私はホワイトデーを楽しみに待った。

そして三月十四日。

——彼は待ち合わせ場所に現れなかった。

電話をしても繋がらず、メッセージを送ろうとしたらアドレスが消えていた。

頭の中が真っ白になったまま私は待ち合わせ場所の公園で立ち尽くし、まだ咲かない桜のつぼみを呆然《ぼうぜん》と見上げ続けていた。

二　海と島と私の太陽

『捨てられた』『遊ばれた』『やり逃げ』そんなむごい言葉が頭の中をグルグル回る。豪さんと連絡が取れなくなって二週間が経った。大学も四年に進級し就職活動も本格化してくるというのに、私はまったく身が入らずただただ呆然としていた。

電話もメッセージも一切繋がらなくなったとき、最初に頭によぎったのは彼に何かあったのではないかという心配だった。マンションにも行ってみたけど、エントランスのインターフォンを何度押しても反応はなくますます不安が募《つの》った。

事件や事故に巻き込まれた可能性も考えて、所在だけ確認しようと思い彼の会社に電話をしたとき、思いも寄らぬ返答をされた。

『当社にはそのような社員はおりません』

それを聞いて私はようやく自分が置かれた立場に辿りついたのだ。『あ、私、騙《だま》されてたんだ』――と。

人を信じるとき、何を条件にしたらいいのだろう。

名前？　そんなものはいくらでも嘘がつける。連絡先？　変更するかブロックしておしまい。住所だって本当に住んでいたかわからない、知人の部屋を借りていた可能性だってある。職場なんてなおさら、実際に電話でもして確認しない限りデタラメでもバレない。

ならばいったい、豪さんの何が本物だったのだろう。この三ヶ月でくれた山盛りの『愛してる』も、今は跡形もなく『嘘』という名の塵《ちり》になってしまった。私の手の中に、彼の遺した本物は何ひとつない。

その事実に気づいてから、私は自分でも驚くほど落ち込んだ。

初めての恋人だった。ファーストキスも処女も捧げた人だった。そして何より、初恋だった。大好きだった。

唐突な彼の告白で始まったお付き合いだったけれど、私にはもったいないくらいいい人で、気がつけば恋に落ちていた。『すず』って私の名前を大切そうに呼ぶ声が、愛おしさを浮かべて見つめてくる瞳が、優しくて温かい手が、好きだった。

失ったものが大きすぎて、私は何日も泣き続けた。こんなに泣いたのは父母を亡くしたとき以来だった。楽天的な私でも、さすがにこんな形の別れはつらすぎる。

気合いだけで学校とバイトには行っていたけど心は呆然と悲しみを行ったり来たりで、見かねたバイト先の友人が私に失恋旅行を勧めてくれた。

「気持ちを切り替えるつもりで、行ったことのない場所に行ってみたら？　海とか山がいいよ。海とか山に思いっきり『ばかやろー』って叫んで、未練も捨ててきちゃうの。スッキリするよ、おすすめ」

「海……山……」

そういえば両親が亡くなってから、海にも山にも旅行したことがなかった。

初めての失恋でフラフラだった私は、藁《わら》にも縋《すが》る気持ちで失恋旅行に発《た》つことに決めた。なんでもいい、とにかく気持ちが立ち直るきっかけが欲しかったのだ。


四月半ばの週末。

そんなわけで私は伊豆諸島《いずしょとう》にやって来ていた。

何故伊豆諸島かというと、海と山を同時に堪能できるから。そして港区《みなとく》から船で三時間もかからないというお手軽さからだった。ゴールデンウィーク前のオフシーズンだったこともあり格安の往復チケットがゲットできたのも大きい。

そして肝心の傷心は癒《い》えたかというと……。

「うわあーっ！　絶景！」

生まれて初めて本州を出た私は船に乗るときから大興奮で、島に着いてからは広がるオーシャンビューに心の底から感動していた。来てよかった！

濃いブルーの水面に白い波が兎のように跳ねては消える。延々と広がるその光景は地球の悠久の営みを見ているようで、眺めているだけでちっぽけな悩みが流されていくみたいだった。

伊豆諸島はすべて火山島だ。つまりは島が丸ごと大きな火山で、人々はその麓《ふもと》に街を作っているという構図なのだ。もうそれだけで神秘的で、自分なんて大自然の端っこにいる小さな小さな存在なんだと痛感する。

バスに乗り火山の山頂付近まで行った私は、見渡す限りの大海を目にして人生観が変わりそうなほど感激に胸震わせた。

「海大きい……。地球って本当に大きいんだなあ……。失恋くらいでクヨクヨしてるなんて、馬鹿みたい……」

まったくもって我ながら単純だと思う。……いや、本当はすべて吹っ切れたわけじゃない。もしここに豪さんがいたならなんて言っただろう、なんて頭によぎってしまうのだから。

けどもう、そんなことを考えるのは無意味だと思えるくらいにはなってきた。

あんな別れ方をされて悲しいし腹も立つ。それなのに未だに彼のことを好きだと思う気持ちが自分に残っていることも悔しい。でも、それでもいいやと思う。素敵な思い出も、酷い別れも、全部ひっくるめて私の初恋だった。

人生は長い。もしかしたら明日にはもっと素敵な出会いがあって、もっと最高な恋が待ってる可能性だってあるんだから。

「うん、大丈夫。お父さん、お母さん、私元気だよ」

ひとり呟いて、空を仰《あお》いだ。青い空には眩《まぶ》しい太陽が輝いていて、私に新鮮な力を降り注いでくれているみたいだった。

夕方になりタクシーで麓の町まで下りてきた私は、予約していた『島昊《しまそら》』という旅館にチェックインした。何十年も続く伝統ある旅館だけど昨年リノベーションしたばかりで、外観も館内もピカピカだった。

旅館といっても家族と数人の従業員でやっているようなこぢんまりとしたもので、建物も二階建てでそれほど大きくない。けれどそのアットホームさが魅力だと旅行サイトの口コミに書いてあった。

チェックインを済ませると女将《おかみ》さん自らが出迎えて部屋まで案内してくれて、早速口コミの意味を理解する。

「観光ですか？　この島は綺麗な景色とおいしい魚だけは自慢だから、楽しんでいってくださいね。釣りやサイクリングも道具の貸し出ししてるから興味があったらいつでも声かけてください」

五十……いや四十代くらいだろうか。気さくな女将さんはお喋りが好きらしく、島の楽しみ方を色々と教えてくれた。気風《きっぷ》のよさそうな和服美人といった感じで、とても好感が持てる。気がつくと私も笑顔で言葉を交わしていた。

「あー、本当に来てよかった……」

部屋に案内されたあと、私はつくづくと呟いた。宿の選択も大当たりだ。元気で明るい人からはパワーをもらえる。あとは島名物の魚介を使ったおいしいご飯を食べれば、私の心は百パーセント復活するに違いない。

部屋の中をウキウキと見て回っていた私は、広縁から窓の外を眺めた。二階建てながら、海が望めるのが嬉しい。

「ん？　東側はお店なんだ」

宿の入口と反対側に、別の看板が出ているのが見えた。道沿いにのぼりも立っている。どうやら飲食店が併設されているようだ。そういえば旅館のサイトにそんなことが書いてあったような気がする。

「ランチ……ピザ、パスタ……。へえ、お店のほうは洋風なんだ」

窓から顔を出して、のぼりに書かれている文字を読む。看板には『ISOLA《イソラ》』と書かれていた。なるほど、こちらの旅館が『島昊』だから、飲食店のほうはイタリア語の島・ISOLAを「いいそら」とかけてるのか。

予定では明日の午後の船で本州に戻る予定だ。帰る前に明日のランチは、『ISOLA』で食べてみようかなと期待を寄せる。

そのときだった。ガシャン！　と大きな音が廊下から聞こえて、私は驚いて部屋の外に顔を出した。

見ると、廊下に和服姿の白髪の女性が倒れている。辺りにはお盆やお茶がひっくり返っていた。どうやら客室にお茶を運んでいる途中で転んだようだ。

「大丈夫ですか！」

私は咄嗟に駆けつけ女性の体を起こした。見たところ火傷《やけど》はしていないようなので安心したけど、女性は「足が……」と言って顔を顰《しか》めている。

ひとまず彼女を支えて私の部屋に運び、備えつけの内線でフロントに連絡した。廊下に散らばっていたお盆やお茶を片付けていると、さっきは朗らかだった女将さんが血相を変えて走ってくるのが見えた。

「本当に申しわけございません。ご迷惑をおかけしただけでなく、お客様に片付けまでさせてしまって……」

女将さんは何もそんなにと思うくらい深々と頭を下げて、何度も謝った。転んだ女性は女将さんのお母様、つまり大女将さんだという。そう言われてみれば顔立ちもよく似ているかも。女将さんをさらに元気溌剌《はつらつ》にしてお年を召したような印象だ。

大女将さんは去年から足腰を悪くし、旅館の業務からは身を引いたとのことだ。けれど元来の働き者の性格からジッとしていられず、こうしてちょこちょこ手伝いにきてしまうのだそうな。けれど女将さんはそれをよしと思っていないみたいで……。

「だから余計なことをしないでくださいって言ってるじゃないですか。お客様にご迷惑をおかけして、これじゃあ本末転倒《ほんまつてんとう》でしょう」

「そんな言い方しなくたっていいじゃないの。私だってもっとみんなの役に立ちたかったのよ」

「お母さんはもう十分働いて役に立ったんだから、今はのんびりしていてください。無理に動くとまた足腰痛めて寝たきりになっちゃいますよ」

「人を年寄り扱いしないでちょうだい。のんびりなんてまだ二十年早いわ」

目の前で母子喧嘩《げんか》が始まってしまい、私はポカンとする。すると女将さんはこちらに気づきハッとして、再び深々と頭を下げた。

「みっともないところをお見せして……」

「あ、と、とんでもないです！」

私は慌てて手を前に突き出して振った。確かにちょっとびっくりしたけど、不快だったわけじゃない。むしろ……。

「……なんか、いいなあって思って。私、中学生のときに両親を亡くしちゃったから親子喧嘩とかしたことないんです。喧嘩するくらいずっとそばにいて、遠慮なく言い合えるのって、ちょっと羨《うらや》ましい」

本気で相手を傷つけ合う喧嘩はさすがに御免だけど、女将さんたちみたいに相手を思い遣《や》ってのぶつかり合いなら微笑ましい。

すると大女将さんは驚いたように目を丸くしてから、手を伸ばして私の両肩をポンポンと叩いた。

「あらまあ。こんな可愛いお嬢さんを遺して、お母さんはさぞ残念だったでしょうね。けどあなた偉いわ、こんなに優しいお嬢さんに育って。きっとご両親も心優しい方だったんでしょうね」

突然褒められて驚くと同時に、両親のことまで心優しい方と言われたことが嬉しくて、私は照れた笑みを零した。

「お寛《くつろ》ぎに観光にいらしてるのに、騒がしくしてしまって本当にごめんなさい。ご迷惑をおかけしたお詫びと母を助けてくださったお礼は必ずいたしますので。どうぞゆっくりしていってください」

最後に女将さんはそう言ってもう一度頭を下げて部屋から出ていった。足を痛めた大女将さんも、若い男性従業員におぶわれて一緒に去っていった。おぶわれながらも去り際に私にこっそり手を振っていたあたり、大女将さんは随分逞《たくま》しく愉快な人のようだ。

「なんか楽しい旅館だなあ」

人との出会いも旅の醍醐味《だいごみ》というけれど、思わぬ賑《にぎ》やかな出会いに私の胸は弾んでいた。そう、失恋の痛みなど刹那《せつな》忘れるほどに。

――しかし。

「……ん？」

楽しみにしていた夕食。広間で席に着いた私はテーブルに並べられた新鮮なお刺身や、白身魚を唐辛子醤油《しょうゆ》に漬けたべっこう、とこぶしの煮つけなど名物料理に目を輝かせた。ところが気持ちとは裏腹に食欲が湧いてこない。それどころかなんだか胃がムカムカしている。

体は丈夫なほうだ。慣れない環境で体調を崩したこともないし、消化不良なども起こしたことはない。

風邪でもひいたのだろうかと思い胃を撫でていたら、女将さんが大きな海老《えび》と明日葉《あしたば》の天ぷらを持ってきてくれた。

「これはサービス、よかったら召し上がってください」

さっきのお礼のつもりなのかもしれない。私はにっこり微笑んで「ありがとうございます」と頭を下げた。

黄金色の衣をまとった揚げたてのおいしそうな天ぷら。食べたいと頭では思うのに、どうしても体が拒む。少し落ち着くまで待とうと思いチビチビとオレンジジュースを飲んでいたけど、調子がよくなることはなかった。

……そういえば私、まともなご飯食べるの久しぶりかもしれない。

失恋してから食欲がなく、食事をスープやゼリーで適当に誤魔化《ごまか》していた。今日も昼食は船に乗る前に急いで摂った菓子パンだ。食欲がないのを失恋のせいにしていたけど、もしかしたらずっと体調を崩していたのだろうか。

だとしたらここ最近ずっと頭がボーっとしていたのも、やけに体がだるくて眠かったのも、失恋のせいじゃなくて体調不良だったとか？

考えているうちに、なんだか動悸が速くなってきた。体調を崩していたのだとしたら、もう一ヶ月近くになる。それなのに咳《せき》や頭痛はない。いつまでも失恋から立ち直れなかったのも、落ち込んでいただけでなく情緒不安定だったのなら？

食欲不振、体のだるさ、情緒不安定……それらの症状があてはまる状態が何か、心当たりがある。以前、バイト先で既婚女性の先輩が同じ状態に陥《おちい》っていた。病気かと心配した私に彼女は恥ずかしそうに微笑んで言ったのだ──『じつは妊娠三ヶ月なんだ』と。

「……まさか」

〝妊娠〟という可能性に行き当たって、目の前が真っ暗になった。だって一回しかしていないのに、避妊だってきちんとしたのに！

そして私はハッと顔を上げて、スマートフォンで生理管理アプリを開く。……うん、開くまでもなかった。先月、生理来てない。遅いと思いつつボーっとして忘れていた。

もうこれは確定だ。それどころか今月も遅れている。私……妊娠している。

しばらく頭の中が真っ白になったあと、一気に涙が込み上げてきた。大粒の涙が溢れて止められず、顔を覆って項垂《うなだ》れる。

妊娠なんて、これからどうすればいいの。豪さんには捨てられちゃったのに。私には相手の男性どころか、家族だっていない。誰にも頼れない。自分のことだけで精いっぱいで、まだ経済的な余裕すらない学生なのに。

不安ばかりが波のように押し寄せてきて、泣くのが止められなかった。よりにもよってどうして今気づいちゃったんだろう。せっかくの旅行なのに、見知らぬ土地にいるような孤独感が募り、ますます不安が募る。

せめて部屋に戻ろうと必死に涙を拭《ぬぐ》っていると、足音がこちらへ近づいてくるのが聞こえた。

「お嬢さん、よかったらこれも食べて。さっき獲《と》れたばっかりのハマトビウオ、おいしいわよ～。お刺身とたたきとべっこうにしたから。私からのサービス……って、あらあら、あらあらあら？」

陽気な声に顔を上げると、そこにいたのは大女将さんだった。私が泣いていることに気づいて、お刺身のお皿を持ったまま目をまん丸くしている。大女将さんを支えてきたらしき若い男性従業員も、こちらをみて驚いた表情を浮かべていた。

「どうしたのよぉ、可愛い顔がベショベショじゃない。お腹痛いの？　嫌いな食べ物でもあった？　ああ、可哀相に。ちょっと克典《かつのり》、ボーっとしてないでタオルとあったかいおしぼり持ってきな！」

大女将さんは男性従業員にそう命じると、私の隣に腰を下ろし肩を抱いて「よしよし」と慰《なぐさ》めてくれた。その手の優しさにますます涙が零れる。

克典と呼ばれた男性従業員はタオルとおしぼりと温かいお茶を持ってくると、泣いている私が他のお客さんに見えないようにさりげなく衝立《ついたて》を動かしてくれた。

「何があったか話してごらん。こんな年寄りだけど長生きした分、知恵だけはあるからね。ほら、お茶飲んで落ち着いて、ゆっくりでいいから」

こんなことを旅先の他人に話していいものか躊躇《ちゅうちょ》したものの、大女将さんがあまりに優しかったから私は藁にも縋る気持ちで口を開いた。

「私……に、妊娠してるかもしれないって、気づいて……」

さすがに想像以上に深刻な話だったのだろう、大女将さんは「あらっ」と言ったきりしばらく言葉を失っていた。……けれど。

「それはびっくりしちゃったわね。お嬢さんまだ若いんでしょう、驚いて泣いちゃうのも無理ないわ。でもそんなに悲しそうにしちゃ駄目よ。体にも赤ちゃんにもよくないわ」

そう言って自分の肩掛けを私に掛けてくれた大女将さんの言葉に、私の涙がさっきとは違う熱いものになった。

――赤ちゃん。そうだ、私、赤ちゃんを宿したんだ。

妊娠と意味は同じだけど、赤ちゃんという温かみのある言葉が、それが〝命〟であることに気づかせてくれた。その途端、自分のお腹にいる小さな命に愛おしさが湧く。

「大女将さん……、この子、パパがいないんです。連絡も取れなくて、どこにいるかもわからなくて。私、頼れる人が誰もいなくて。でも……産みたい……」

しゃくりあげながら話した私に、大女将さんは「うんうん」と何度も頷きながら肩を抱き寄せてくれた。

それから改めて、大女将さんは部屋で私の話を聞いてくれた。

克典さん（大女将さんの孫だった）がドラッグストアまで妊娠検査薬を買いにいってくれて、その結果私の妊娠は杞憂《きゆう》ではなかったことが判明した。

「まったく、男なんて本当みんなろくでなしなんだから。こんな若い子に責任全部押しつけて逃げちゃうなんて！」

そう言って憤慨《ふんがい》していたのは女将さんだ。女将さんは旅館の業務が終わったあと、食事に手を付けられなかった私のためにサンドイッチとフルーツ盛りを持ってきてくれて、そのまま同席したのだ。

「これ、佳代《かよ》。赤ちゃんの前で父親の悪口を言うもんじゃないわよ。お腹にいたって赤ちゃんにはちゃあんと聞こえてるんだからね」

大女将さんがそう嗜《たしな》める。なんでも女将さんこと佳代さんはバツイチなのだそうな。旅館を営みながら克典さんを女手ひとつで育ててきたのだとか。きっと佳代さんは私に同情してくれてるのだろう。

「でも、ちゃんと避妊してたのに……。どうして」

私が呟くと、入口の襖《ふすま》に寄りかかって聞いていた克典さんが口を開いた。

「医者やってる友達から聞いたことあるけど、わりとあるらしいぜ。ちゃんと着けてたつもりでも途中で外れて失敗すること。あと意外と多いのが避妊具の破損だってさ。古いものとか、ずっと持ち歩いてたものとか、穴が開いてたり耐久性が落ちてたりするんだってよ」

それを聞いて私の頭にあの夜のことがよぎる。……あのコンドーム、どれくらいバッグに入れっぱなしだったっけ。そもそももらった時点で新しいものか古いものかもわからない。余ったものをスタッフがくれたんだけど、悪戯《いたずら》で傷つけられていた可能性だって否めない。

……避妊という重要な行為に、よく知らない他人からもらったものを軽々しく使ったのが間違いだったんだ。あまりにも過失の心当たりがありすぎて、私は猛省する。

……猛省したところでもう遅いのだけれど。

「過ぎたことを嘆いても仕方ないわ。これからのことを考えなくちゃ」

落ち込んでしまった私の肩を、大女将さんがポンポンと叩く。確かにその通りだ、今はこの先のことを考えなくては。

「産みたい……のよね？　だとしたら休学中に保育園を探さないと」

佳代さんの言葉に、私は頭を横に振った。

「休学はしません、退学します。貯金も少ししかないから働かなくちゃ、子供に食べさせてあげられないし」

「今、四年生でしょ。それでいいの？」

「赤ちゃん空腹にさせたまま大学に通ってる場合じゃないし。それに機会があれば、年をとってからでも大学は入り直せますから」

正直なところ、今ここで退学は痛い。後ろ髪を引かれる気持ちもあるけれど、人生二兎は得られないのだ。だったら優先すべきはどちらか、迷うまでもない。

自分に発破《はっぱ》をかけるように力強く言い切れば、佳代さんは「前向きねえ……」と、感心したように呟いた。

すると今度は克典さんが眉尻を下げて口を開く。

「でも言っちゃ悪いけど、仕事見つかるのか？　妊娠してるってわかったらどこも長期では雇ってくれないだろうし、子供産んですぐ仕事探すのも容易じゃないだろ」

それが一番懸念《けねん》されるところだ。妊娠中はもちろん、ゼロ歳児を抱えたシングルマザーを雇ってくれるところはなかなかないだろう。それに私には特別なスキルも人脈もない。

私が黙り込んでしまうと、佳代さんはスマートフォンを取り出しながら「誰か二十三区内で雇ってくれそうな人いないかしら……」と悩まし気に画面を操作した。

「ほら、克典。あなた都内よく行くんだから、仕事紹介できそうな友達のひとりやふたりいるでしょう？　探しなさいよ」

佳代さんにそう言われ、克典さんも頭を掻きながらスマートフォンを取り出す。それを見て私は申しわけなさでいっぱいになった。

「あの……そんなにご迷惑おかけするわけにはいきませんから」

ただの旅行客のひとりでしかない私の話を、こんなに親身になって聞いてくれただけでも大変ありがたいのだ。大女将さんはじめ皆さんが支えてくれなかったら、私は不安で目の前が真っ暗で泣くことしかできなかっただろう。

ここまで気持ちを前向きに立て直してもらっただけで十分だ。あとは自分ひとりの力でなんとかする。

そう思ったときだった。

「保育園だの仕事探しだの、面倒くさいわねえ。お嬢さんは学校辞める覚悟なんでしょう？　だったらここで産んで育てればいいじゃない。うちで働いて、その間は私が面倒見てあげるわ」

大女将さんが突如言い出した言葉に、私も佳代さんも克典さんも目をまん丸くしてポカンとする。

「お……お母さんってば、何言ってるんですか。そんな滅茶苦茶《めちゃくちゃ》な」

「何が滅茶苦茶なもんですか。滅茶苦茶言ってるのはあなたたちじゃない。乳飲み子抱えて仕事を探せだなんて。うちも紗代《さよ》のところも万年人手不足なんだからちょうどいいわ。お嬢さん、うちで住み込みで働きなさい。佳代、奥の部屋ひとつ空いてたでしょ。そこ使わせてあげればいいわ」

「え、ええ……。確かに空き部屋もあるし、住み込み従業員として働いてもらえるのならこちらは助かるけど……」

あまりに予想外の提案に、私はふたりの会話を聞きながら目をしばたたかせる。

なかなか頭が追いつかない。……ここで、この島で産んで育てるの？　私と赤ちゃんがこの島で暮らす？

「ばあちゃん、勝手に決めるなよ。都会暮らしの若い子にいきなり島で暮らせなんて、可哀相だろ」

克典さんが眉根を寄せると、大女将さんは怒ったように肩を竦めて言い返した。

「都会でひとりぼっちで産んで育てるほうがよっぽど可哀相でしょうが。ここは都会みたいに便利でも派手でもないけど、私がいる限りお嬢さんをひとりぼっちにはさせないよ。佳代や紗代や克典もいるし、長年旅館を営んできたから力を貸してくれる人も大勢いる。海の神様も山の神様も見守ってくださってる。きっとみんな、力を貸してくれるわよ」

ずっと都内で暮らしてきた私に、島での暮らしは想像つかない。きっと簡単なことではないと思う。……けど。大きな海に囲まれた活きた山の島で、大女将さんや人々と共に生きていく。ひとりぼっちじゃない。それってきっとすごく、素敵なことだ。

「も、もしよろしければ……ここで私を雇ってください」

私はかしこまって正座し直すと、大女将さんと佳代さんに向かって頭を下げた。

大女将さんは目を細めてうんうんと深く頷き、驚いた顔をしていた佳代さんもやがて柔らかく微笑んだ。

「ったく、ばあちゃんはおせっかいなんだから」

克典さんはそうぼやいていたけど、反対はしなかった。

こうしてこの夜、都内に住む孤独な大学生だった私は一夜にして伊豆の島でシングルマザーに転身することを決めたのだった。

◇◇◇

瞬く間に月日が流れた。

あれから私はすぐに大学を辞め就活の選考もすべて辞退した。奨学金という形で支援してもらったのに、自己都合で退学したことを申しわけなく思う。それでもお腹に宿った命のためにこうするしかないと、苦渋の決断だった。

退学の手続きを済ませたあとはアパートを引き払い、島へと移り住んだ。もともと荷物も少ないし、大学とバイト以外繋がりもなかったので引っ越しは楽だった。

島といっても港区の浜松町《はままつちょう》から船で二時間と少し、調布《ちょうふ》から飛行機なら一時間もかからないのだ。

天候に左右される面はあるけど、都内に行くのは全然難しくない。友人にも会おうと思えばいつでも会える。

仕事は旅館のほうではなくレストラン『ＩＳＯＬＡ』での業務となった。旅館は重いものを持つなど妊婦向きの仕事ではないため、佳代さんが配慮してくれたのだ。

『ＩＳＯＬＡ』は佳代さんの双子の妹・紗代さんが経営を任されている。紗代さんもこれまた気の強そうな美人で、大女将さんこと典代《のりよ》さん譲りの人情深い人だ。

なんでも驚くことに典代さん、佳代さん、紗代さんの九十九《つくも》家女性三人ともバツイチなのだという。紗代さんは子供がいないけど、佳代さんは克典さんを産んですぐ離婚したそうで、私のことが他人事だとは思えなかったと三人とも笑って口を揃えていた。

克典さんはもうすぐ三十歳になる九十九家の黒一点だ。釣りが趣味のせいかよく日に焼け筋肉質で、とっても頼もしそうだ。けど男らしい見た目と言葉遣いとは裏腹にわりと繊細《せんさい》で、気の強い女性衆のフォローに回ることが多い。

そんな賑やかな九十九家をはじめ、旅館の従業員や近所の人ともだんだんと馴染《なじ》みながら、私は十一月に無事に男の子を出産したのだった。

二千七百六十グラムで生まれてきた可愛い可愛い男の子。名前は『太陽《たいよう》』と名付けた。この島に初めて訪れたとき仰いだ空で、強く明るく輝いていた太陽のように育ってほしいと思ったから。

太陽はたくさんの優しい人に囲まれて育った。典代さんや佳代さん、紗代さんはもちろん、克典さんや従業員の人たちまで太陽にメロメロになっていた。太陽は常に誰かに抱っこされ、誰かからもらったおもちゃを握って、なんでも食べられるようになってからはいつだってポケットに誰かからもらったお菓子が入っているのが日常だった。

決して人口が多いとは言えないこの島には、赤ん坊も多くない。みんなこの島で生まれた小さな命を大切に大切に可愛がってくれた。

そしてもちろん私も――。

「太陽、可愛いね。世界一可愛いね。大好きだよ～」

「まぁま」

「きゃー可愛いっ！　うちの子、宇宙一可愛いっ」

すっかり子煩悩《こぼんのう》になった。だって本当にうちの子可愛いんだもん。寝ていても泣いていても、もちろん笑っていても可愛い。そりゃ酷くグズったり、離乳食をイヤイヤしたりしたときは大変だったけど、でも私にはたくさんの助けてくれる人がいる。疲れてしまう前に必ず誰かしらが手を差し伸べてくれるこの環境は、心に余裕を持たせてくれた。

この島で子育てすることを選択して本当によかったと思う。もしひとりぼっちのアパートで育児をしていたら、私はこんなに太陽を可愛いと思える余裕は持てなかっただろう。典代さんたちには感謝してもしきれない。

早くに両親を亡くしたせいか、私はずっと温かい家庭を築くのが夢だった。だからきっと、お腹に命が宿っていると気づいたとき、ためらいなく産むことを決められたのだと思う。

そして今こうして家族ができたことが、たまらなく幸せで毎日嬉しい。思っていた家族の形とは違うけど、胸を張って自慢できる。たくさんの優しい人たちの愛情に支えられている私と太陽の、この家族を。

仕事は出産前に引き続き『ISOLA』での業務だ。旅館のほうはどうしても夜遅くまで仕事があるので、太陽がもっと大きくなるまでは『ISOLA』の日勤でいいと、またしても佳代さんと紗代さんが配慮してくれたのだ。

もちろん、何もかも私に都合のいいわけではない。お給料はやはり旅館業務よりはいささか落ちる。けど三食付きの住み込み料は格安だし、典代さんに支払っている保育料も謝礼程度だ。おかげで大学の奨学金を返しながらでも、貯金ができるくらいの余裕はある。太陽が大きくなって私が旅館のほうで働けるようになれば、将来的にもっと貯金ができるだろう。

将来太陽がどんな進学先を選んでも大丈夫なように、やはり蓄《たくわ》えは必要だ。私はもう一生この島で暮らすつもりだし、『島昊』はいずれ克典さんが継ぐから仕事も安泰だけど、太陽に島で暮らすことを強制はしない。大きくなって本州に進学したいと言ったら、快《こころよ》く送り出すつもりだ。

こうして私がこの島に来てから三年半が経った。

太陽はすくすく育ち、今月三歳になったばかりだ。大人に囲まれて育ったせいか甘えん坊でおっとりしているけど、そこが可愛い。人見知りもせずいつもニコニコしていて、名前の通り太陽のように温かい子だ。

そして成長するにつれ……太陽は豪さんに似てきた。目尻がスッと伸びた二重《ふたえ》の大きな目に、バランスのいいパーツ。特に笑ったときの優しい顔は、豪さんに本当よく似てる。

正直なところ、気持ちは複雑だ。私を捨てた男性に似ていると思うと胸が苦しくなる。……けど！　そんなモヤモヤなど吹き飛ぶほどに太陽は可愛いのだ。

子供ってすごい。ニコッと笑うだけで悩みも憂鬱《ゆううつ》も全部消えてしまうのだから。太陽の笑顔は人を元気にする力があると思う。

それが親の欲目じゃない証拠に、典代さんは初めて出会ったときより随分若返った。初対面のときの整えた白髪に和装姿も凛々《りり》しくて綺麗だったけど、今のアッシュグレーのショートカットにデニムパンツとシャツのスタイルは、二十歳は若く見える。足腰に負担をかける動きはできないけど、それでも以前のように転ぶような危うさはなくなった。

典代さん曰《いわ》く、太陽を抱っこしているときに祖母と間違えられるのが嬉しいそうだ。『もう七十過ぎのおばあちゃんが、太陽ちゃんの祖母なわけないのにねぇ。でも祖母と間違えられても太陽ちゃんが恥ずかしくないように、カッコよくて綺麗なおばあちゃんでいなくちゃね』

そう言ってすっかり溌溂《はつらつ》とした典代さんの姿に、佳代さんはとても喜んでいた。

『お母さん、仕事引退してから老け込んじゃったらどうしようって心配してたんだけど、すずちゃんと太陽ちゃんのおかげですっかり若返っちゃったわ。本当に感謝してるわ、どうもありがとうね』

そんなふうにお礼を言われたこともある。私のほうこそお世話になりっぱなしで恩を返したいと思っていたのに、なんだかくすぐったい気分だ。持ちつ持たれつってこういうことかな、と改めて人との繋がりに心が温かくなった。

そんなわけで今日も太陽はみんなに元気を振りまいている。

「ママー、たぁくんきたよー」

「太陽、いらっしゃい」

午前十一時。お昼時で混み合う前に、太陽は典代さんに連れられて『ＩＳＯＬＡ』へお昼を食べにやって来る。母子の時間を少しでも作ろうという典代さんと紗代さんのありがたい気遣いだ。

「太陽ちゃん、いらっしゃい。今日のランチは海老とホタテのグラタンよ」

太陽の声を聞いて、紗代さんが厨房《ちゅうぼう》から顔を出す。髪をサイドでまとめ、スキッパーカラーのシャツと細身のパンツにエプロン姿の彼女は、佳代さんとはまた違った魅力の美人だ。佳代さんが凛《りん》とした美人女将なら、紗代さんはデキるバリキャリ美人ってイメージかな。実際紗代さんはイタリアの料理学校に留学したこともあり、三十代で島に戻るまで都内のリストランテでシェフをしていたのだとか。

そんな紗代さんの作る料理は本当においしい。確かな腕前のイタリア料理をベースに、誰にでも馴染みやすいメニューにアレンジしてある。さらにそこに島の名産品である魚介や島とうがらしや椿油《つばきあぶら》、乳製品などを使っているのだ。紗代さんの料理は観光客はもちろん、地元の人たちにも愛されている。

「すずちゃんも混む前にお昼食べちゃいなさい」

「はい、お先いただきます！」

出来立てのグラタンをみっつトレーに載せて、太陽と典代さんが座っている端の席へ持っていく。私もそこへ腰を下ろし、三人で「いただきまーす」と手を合わせた。

「ママ。きょうね、たぁくんね、おふねみてきたの」

「今日って午前に着く便あったたっけ？」

「釣りの舟よ。外のお客さんが釣りに来て、民宿の旦那さんがボート出してたのを見たのよね」

「おともらってね、だからね、たぁくん、ありがとーしたよ」

ランチ時、太陽はこんなふうに午前にあったことを楽しそうに話してくれる。色々なところへお散歩に連れていってくれる典代さんにも、太陽を構ってくれる近所の人たちにも感謝の気持ちでいっぱいだ。

「太陽ちゃん、グラタンおいしい？」

紗代さんが新しい小鉢を持ってテーブルへやって来た。太陽は口の中を海老でいっぱいにしながら、コクコクと頷く。

「これ、今日から出す新商品。すずちゃんのアイデアなの、試食してみて」

そう言って紗代さんが典代さんの前に置いたのは、ナッツと白身魚の載ったカルパッチョサラダだ。

「あら、風味がよくておいしい」

「オリーブオイルの代わりに椿油を使ったの、イケるでしょ」

僭越《せんえつ》ながら、私も時々新しいメニューの開発に協力させてもらっている。紗代さんみたいに専門的な技術や知識はないけれど、ちょっとした工夫を考えるのは得意だ。それがお客さんに好評だと嬉しくなる。

「すずちゃんのアイデアって手軽で、そのうえ親しみやすい味だから取り入れやすいのよね」

ふいに紗代さんに褒められて、私は「そんな……」と照れくさくなる。

「太陽ちゃんも、ママのご飯好きだもんね」と紗代さんが尋ねると、太陽は口の周りにホワイトソースをつけた顔で、目をパチパチとしばたたかせた。

「たぁくん……おふねがしゅき……」

質問の意味を理解していなかったのだろう太陽の斜め上の答えに、紗代さんも典代さんも私もたちまち顔が綻《ほころ》ぶ。

そうして和《なご》やかなランチタイムが終わり、太陽は典代さんと部屋に戻り、私と紗代さんは一日で一番忙しい時間を迎えた。


水曜日。今日は『ISOLA』の定休日。

「おはよー、太陽。今日はずっとママと一緒だよ～」

「おはよー。ママだいしゅき」

朝六時。スマートフォンのアラームを止め、布団の中で太陽とハグをして一日が始まる。貴重な休日、寝坊なんてしているのはもったいなくて、私も太陽もいつもより早起きだ。

『ISOLA』の定休日は水曜だけだけど、私は週五出勤なのでそれ以外に週に一日シフト休をもらっている。お休みの日は太陽とのんびり過ごすこともあるし、太陽の服など必要なものを買い出しに行くこともある。
そして最近ハマっているのが……。

「今日の朝ご飯はあれにしよっか。ほずみ先生のハムエッグパイ」

「やったー！　ほじゅみせんせんのパイたべる！」

布団の上でぴょんぴょん跳ねる太陽を宥《なだ》め、着替え終えてから私たちはキッチンへと向かった。

私と太陽が住まわせてもらっているのは、九十九家の一室だ。九十九家は旅館と繋がっているものの独立しており、私たちの他にも住み込みの従業員さんが暮らしている。半ば寮みたいな感じだ。

部屋は八畳の和室、ベランダ付き。ワンルームと大差ない広さで、私はここで太陽とご飯を食べたり、布団を敷いて寝たりしている。キッチンやお風呂場は共用だけど、お客さんのいない時間なら旅館の大浴場も使っていいという太っ腹。

三食付きの住み込みという条件だったので以前は休日も賄《まかな》いをいただいていたけど、最近は休日の食事は自分で作ることにしている。もともと料理が好きというのもあるし、太陽に私の作るご飯を食べてもらいたいというのもある。だけど何より、最近の私と太陽のブーム『ほずみ先生』のせいだ。

キッチンに入り、私は自分と太陽にエプロンを着けると、テーブルの上にタブレットを立てかけて置いた。そして動画サイトにアクセスし、とある料理チャンネルを開く。軽快なオープニングメロディと共に「どうも、ほずみ先生です」とテンションの低いイケメンが登場し、私と太陽は満面の笑顔になった。

ほずみ先生は動画サイトで大人気のお料理タレントだ。約半年前から活動をはじめ、今では動画のチャンネル登録は百万を超え、ＳＮＳのアカウントも五十万以上のフォロワーを抱えている。

長い前髪と絶対に外さないマスクにもかかわらず、チラリと見える目と全体のシルエットからはイケメンオーラが漂い、おまけに高身長でスタイル抜群ときている。セクシーなイケボなのに声は小さくて、必要なことしか喋《しゃべ》らない。そしてとにかく塩。態度が愛想の欠片《かけら》もなくそっけないのだ。

とても端正そうなルックスと声なのに、そのほとんどを隠しているミステリアスさが女性に大受けしている理由のひとつだ。そしてクールな言動と相反して彼の作る料理はまったく気取っていない。『めちゃうま簡単丼』とか『にこにこホカホカラーメン』とか低音のイケボで囁くように言ったりする。そのギャップもまた人気の理由だ。けれど何よりのギャップは、彼がほずみフーズグループの副社長ということだろう。

ほずみフーズは、私が大学生のときにインターンに行ったほずみ冷凍食品の親会社だ。日本で知らない人はいないほど昔から家庭に馴染んだ老舗の食品会社で、近年は特に冷凍食品を中心とした加工食品に力を入れている。

ほずみ先生はそんな大会社の副社長であり、ほずみフーズの御曹司《おんぞうし》でもあるのだ。

もともとほずみ先生のお料理チャンネルは、ほずみフーズのPRのために作られた企業チャンネルだった。だから彼の作る料理は自社製品を使ったアレンジ料理が多い。

しかし自社のPRのためとはいえ、御曹司自らがほずみ先生などと名乗ってお料理チャンネルを開設しているのはなかなか、いや、かなりユーモラスだ。

大企業の超イケメン（と思われる）御曹司様が顔を隠しながら塩対応で、妙に和むお手軽料理を作る。このワケのわからなさがSNSでバズり、今や老若男女《ろうにゃくなんにょ》から大人気なのだ。

そして私と太陽も、すっかりほずみ先生にハマっている。だって彼のレシピは本当に簡単でおいしい。子供に受けるメニューも多く、ちびっこ人気も高いらしい。

「じゃあ太陽は卵をまぜまぜしてね」

「しゅる！」

軽く崩したゆで卵にマヨネーズを加えたものを、太陽に混ぜてもらう。タブレットの画面の向こうではほずみ先生が同じようにボウルでフィリングを作っており、太陽はそれを見ながら一生懸命《いっしょうけんめい》真似していた。

その間に私は冷凍のパイシートをはがき大にカットしていく。パイ生地よりひとまわり小さく切ったハムを載せ、さらにその上に太陽が混ぜてくれた卵フィリングを載せていった。

「パイを被せて閉じるときはフォークを使うと便利だから」

画面の向こうでボソボソとほずみ先生が言う。それに倣《なら》って私は太陽と一緒にフォークの先端でパイの端っこを閉じていった。

最後に卵黄を塗りオーブンで焼けば、こんがり焼けたハムエッグパイのできあがりだ。小さいサイズなので子供にも食べやすい。

「おいしそう。上手にできたね、太陽」

「ほじゅみせんせんのパイ、おんなし！」

太陽は画面に映るほずみ先生のパイと同じものができたのが嬉しいみたいだ。私はパイをお皿に載せ、マグカップにそれぞれコーヒーと牛乳を注いでテーブルに並べる。

「そうだ、写真撮ろう」

せっかくなので、できたパイの写真を撮ることにした。もちろんパイの前でご機嫌に笑う太陽の写真も。

「それじゃ、いただきまーす」

「いたあきまーしゅ」

焼きたてのパイは温かくてサクサクでバターの香りがして、とてもおいしかった。ハムと卵フィリングの塩気がいい感じで、朝食にぴったりだ。

「ママ、おいしいねえ」

嬉しそうにニコニコする太陽に、私の顔がとろけそうに緩む。

「うん。太陽と一緒に作ったからすーっごくおいしい」

太陽、私の宝物。何より大切な息子と向かい合って食べるご飯はどんなご馳走よりおいしくて、私は今世界で一番の幸せ者だと思った。

その日の夜。太陽を寝かしつけた私は布団に寝そべりながらスマートフォンを弄《いじ》っていた。

「あ、ほずみ先生が呟いてる」

SNSを眺めていたら、ほずみ先生の呟きがタイムラインに流れてきた。『リクエスト募集』……どうやら作ってほしい料理のリクエストを受けつけているようだ。

リプライ欄にはリアルタイムで続々と返信がついている。『背徳の深夜メニュー！』やら『ダイエット中でも食べられるスイーツ』やら『材料三品以下で作れる低コストメニューお願いします』やら様々だ。リクエストと一緒にほずみ先生のレシピを再現した写真を貼って『これ作りました。おいしかったです！』と報告している人もたくさんいた。

「私はやっぱ太陽と作れるような料理がいいなあ」

そう考えた私は、思いきってリクエストを書いてみた。ほずみ先生にリプライを送るのは初めてだ、ちょっと緊張する。

『ハムエッグパイのように簡単に作れるメニューをお願いします』

そこまで書いてふと思いつき、今朝撮った写真を添付した。

写真はもちろん料理だけが写っているものだ。太陽はもちろん、自分も写っていない。

私のアカウントは個人のもので、ほとんど料理や子育ての情報収集用だ。自分から発信することは稀だし、フォロワーも少ない。けどそれでも個人情報には気を使っている。ＳＮＳは便利な反面、気をつけないと物騒だ。特に子供の情報にはあらゆる危険が付き纏うので、私はＳＮＳ上で太陽のことは一切書かないようにしていた。

……本当は写真付きで『うちの子可愛いでしょ！』と呟きまくりたいけれども。

送信ボタンをタッチすると、リプライ欄の一番上に私のものが表示された。なんだかドキドキしたけど、見ている間にもリプライの数はどんどん増えていく。あっという間に埋もれてしまうだろう。

「ほずみ先生の目に留まるといいな」

私はＳＮＳのアプリを閉じてあくびをすると、スマートフォンを枕元に置いて布団に潜り直した。隣で眠る太陽をそっと抱きしめると、温かくて幸せな気持ちになった。


それから三日後のことだった。

「ありがとうございましたー」

午前十時過ぎ。モーニングや朝のコーヒーを飲みに来たお客さんも軒並み引いて、束の間の静かな時間が訪れる。

今日は週末。観光のお客さんが多いから、お昼は忙しくなるだろう。紗代さんはランチメニュー用のピザ生地作りに忙しく、私はランチに付くスープを仕込んでいた。

「これでよし、と」

味を調えコンロの火を止めたとき、外からガランガランと大きな音が聞こえた。厨房から首を伸ばして外を窺うと、店先に立ててあったモーニングののぼりが倒れているのが見える。

「風で倒れちゃったみたいですね。モーニングもう終わりだし、ついでに回収してきます」

紗代さんにそう伝えて、私は厨房から出ていった。店のドアを開けると、途端に強風が吹きつけて、私の束ねている髪を乱す。空を見上げると雲がすごい速さで西へ流れていくのが見えた。

「風、つよ……！　午後の便、欠航になったりして」

船や飛行機が欠航になると客足の流れが変わってくるので困ってしまう。倒れていたのぼりを拾い、少し心配になりながら空を眺めていたときだった。

「……すず……」

その声は、強い風の唸りのせいで最初は聞こえなかった。けれど再び「すず……！」と呼んだ声は力強く、はっきりと私の耳に届いた。

「え？」

声のしたほうを振り返り、私は目を疑う。二、三度目をしばたたかせ、それでも消えない目の前の現実に唖然《あぜん》として立ち尽くした。

「すず！」

あり得ない現実が私に向かって駆けてくる。四年前と変わらない……ううん、あの頃よりもっと大人の雰囲気を増した彼が、私に向かって大きく腕を広げためらいもなくその胸に抱きしめた。

「すず、すず！　会いたかった……！」

「ご……豪、さん……？」

何が起きているのかさっぱりわからないまま、私はただ豪さんに抱きしめられながら風に靡《なび》く彼のスーツのジャケットとネクタイを眺め、島に似合わない恰好だなあ……なんてぼんやり思っていた。

三　執着愛は海を越えて

私を妊娠させて捨てた男が突然現れて抱きしめてきたとき、とるべき行動の正解ってなんだろう。

あまりにも突然起きたあり得ない事態に、私の頭と体は完全にフリーズしてしまっていた。きっとこういうのを青天《せいてん》の霹靂《へきれき》っていうんだ。

私は棒のように立ち尽くしたままだというのに、豪さんはギュウギュウと力いっぱい抱きしめて頬を擦り寄せ、「すずだ……本物のすずだ……」と泣きそうな声で繰り返し呟いていた。

「あの……ここ私の職場なんで、離してもらっていいかな。見られると困る」

見られなくても困るけれど、なんか当《あ》たり障《さわ》りのないことを言ってしまった。我ながら相当混乱しているのだと思う。

豪さんはすぐに「あ、そうだよね。いきなりごめん」と体を離してくれたけど、その表情はものすごく名残惜しそうだった。顔に書いてある、『もっとすずを抱きしめたい。でも我慢』って。

四年前と変わっていない、私のことが大好きな犬みたい。その姿に思わず頬が緩みそうになった瞬間、あの頃の思い出が一気に胸から溢れ出した。

ああ、そうだった。私、彼のことが本当に好きだったんだ。

幸せだった頃の感情が甦って胸を満たすのに、けれども無慈悲に捨てられたという現実が混じり合って混乱する。怒っていいのか笑うべきなのか泣きたいのか、自分でもどうしたらいいのかわからないでいると、豪さんは表情を引き締めその場に膝《ひざ》をついた。

「ごめん！　突然連絡が取れなくなって四年も経ってしまって、本当にごめん！」

いきなりの土下座に呆気《あっけ》に取られたものの、彼が謝罪したことで私は感情の行き場がようやく見つかった。

「頭上げて、豪さん。職場の前で土下座なんてされたら困る。それに、そんなことしたって私、許さないから。散々《さんざん》好きだなんだ言っておいて体を重ねたらすぐポイなんて、どんな言いわけしたって許さない」

過去がどれほど美しくたって、やっぱり彼が最低な行為をしたことに変わりはない。私は偶々いい人たちに恵まれて今は幸せだけど、一歩間違えたら太陽と一緒に苦しい生活を強いられていたかもしれないんだ。……ううん、下手をしたら太陽を産まないという選択をしていた可能性だってある。もしそんなことになっていたらと思うとゾッとして、ますます無責任な豪さんの行動が許せなくなった。

すると豪さんは苦悩の表情を浮かべたまま立ち上がり、もう一度私に向かって深々と頭を下げた。

「……本当に申しわけない。俺が不甲斐《ふがい》なかったせいですずを傷つけた。……ただひとつだけ、誤解しないでほしい。俺はすずを捨てたんじゃない。あれからずっと、今でもすずを愛してる。ずっとずっと会いたくて仕方なかった」

捨てたんじゃない？ その言葉に私は目を丸くする。彼が言い繕《つくろ》っているだけの可能性もあるけど、ふと冷静になって考えてみるとそうではない気がした。だって、もし捨てたんだとしたら四年も経ってからわざわざ会いにくる？ ——離島にまで。

ここは都内じゃない。偶然の再会とは思いづらい。だとしたら豪さんは私を捜して島までやって来たということだ。気まぐれで会いにくるにはあまりに労力をかけすぎている。

「り、理由があるなら聞かせて」

突き放すのは理由を聞いてからでも遅くないと思い、彼に尋ねる。豪さんは私が話を聞いてくれることが嬉しかったのか一瞬顔を明るくさせたが、すぐに口を引き結び眉根を寄せると再び深々と頭を下げた。

「何があったのか全部話すよ。けど、もうひとつ謝らせてくれ。俺はすずと付き合っていたとき……隠してたことがある」

「隠してたこと⁉」

新たな告白に再び彼への信頼が駄々下がりになるのを感じながらも、私はグッとこらえて耳を傾けた。

「じつは俺……ほずみフーズグループの後継者なんだ」

「……ん？」

てっきり「じつは既婚者だった」とか「じつは二股をかけてた」とか最低な告白が飛び出すかと思っていた私は、彼のあまりに予想の斜め上な言葉がなかなか理解できなかった。

「ほずみフーズグループの後継者……？　つまり？」

「現社長・穂積操《ほずみみさお》の息子で次期社長。親権は離婚した父が持ってるから苗字は違うけど、ほずみフーズグループの全権はいずれ俺が継ぐ予定だよ」

そう言って豪さんは胸ポケットから名刺を取り出して渡した。確かにそこには『株式会社ほずみフーズグループ　代表取締役副社長　羽生田豪』と記されている。

私はそれを見つめポカンとしたまま質問を重ねる。

「え。な、何？　な、なんで？　なんで隠してたの？」

まったくわけがわからない。豪さんが消えたとき彼の素性を疑ったけれど、まさか大企業の御曹司だなんて一ミリも予想しなかった。というか予想できるわけない。

けれど、豪さんの答えはさらに私の想像を超えるものだった。

「俺たちの最初の出会いって覚えてる？」

「う……うん。地下鉄の階段で転びそうになった私を、偶然通りかかった豪さんが助けてくれて……」

「違うんだ」

「は？」

「偶然じゃなくて……すずのことずっと、つけてました……ごめんなさい」

「はぁ⁉」

申しわけなさそうに打ち明けた豪さんに、私は目を見開いて声を上げてしまった。

彼は反省と恥ずかしさが混じったような表情で、顔を赤くしながらことの全貌《ぜんぼう》を打ち明けた。

なんでも彼の恋は、地下鉄の出会いの三日前から始まっていたという。

当時大学を卒業したばかりの豪さんはまだ取締役ではなかったものの、次期社長として子会社の視察などを行っていたそうだ。そして視察に来ていたほずみ冷凍食品株式会社で、インターンシップに来ていた私を見て恋に落ちたらしい。

「グループワークでのすずの言葉に感動したんだ。『私がお母さんだったら子供に作ってあげたい』って。些細なことかもしれないけど、俺にはそれがすごく温かく感じられて……きっと将来この子が築く家庭は幸せいっぱいなんだろうなって思ったら、もうきみを好きになってた。笑ってる顔も悩んでる姿も可愛くて可愛くて、うちの商品を食べて『おいしい』って言ってくれるのも嬉しくて……」

恥ずかしそうに口もとを手で押さえながら、豪さんは頬を赤くして話した。……嘘をついているようには見えないと思う私は、甘いだろうか。

「すずは気づいてなかっただろうけど、インターンの間ずっと俺は見てたよ。けど視察に来てる次期社長がインターン生をナンパするわけにもいかないし。……それに、残念だったけど人事課のすずの評価は高くなかったんだ。さすがに俺が私情で人事に口出すわけにもいかないし、けどこのままじゃもう二度とすずに会えなくなるしって悩んで……」

「それで私のあとをこっそりつけてきた、と」

彼の言葉を先回りして口にすると、豪さんは俯《うつむ》いて「……はい」と小さく答えた。

「偶然すずを助けられて話すきっかけができたまではよかったんだけど、そこで俺が正直にほずみフーズの次期社長だって言ったら、会社からつけてきてたのがバレちゃうだろ？　そしたらストーカーだって誤解されて嫌われると思ったら……本当のことが言えなくなって……ごめん」

尾行は十分ストーカー行為なので誤解ではないのでは……と思ったけれど、今更そんなことを言っても仕方ないので黙っておいた。

秘密というのは悪気がなくても、本当のことを明かすのに勇気がいるものだ。豪さんは結局正体を明かせないまま月日が経ってしまった、と話した。

「けど、嘘はついていないよ。勤めてるって言ったオフィスはうちの関連会社で、取締役に就《つ》くまで籍を置いていた会社のひとつなんだ。住んでいた部屋も本物だ」

豪さんの正体については驚いたし、できれば話しておいてほしかったとは思う。けれど怒りはない。別に、それが原因で不利益を被《こうむ》ったわけでもないし。

それに彼が言いづらかったのは、私にも原因があったと思う。

初めて彼の部屋へ行ったとき、その豪華さに怯んだ自分の言動を思い出した。そして勝手に格差を感じて卑屈になったひと言も。

あのとき豪さんはとても悲しそうな顔で言ったのだ。『すず、そんな悲しいこと言わないで』と。今思えば、あれは彼の本音だったのだろう。

自分では気づいていなかったけど、きっと交際の端々で価値観の違いが滲んでいたのかもしれない。それが原因で私が離れてしまうかもしれないと思った豪さんが、余計に本当のことを言えなくなった可能性もある。だとしたらなおさら、責められない。

「けどすずと初めて夜を過ごして、本当に大切だって心の底から思って……全部打ち明けようと思ったんだ。あの日、三月十四日に」

三月十四日――それは豪さんが消えたあの日だ。

そういえば彼が前日に『大切な話がしたい』と言っていたことを思い出す。

「それから、もうひとつ」

豪さんはそう言ってスーツのポケットから小さなジュエリーケースを取り出すと、私に向けてそれを開いた。中に鎮座しているのは中央にダイヤのついたピンクゴールドの指輪だ。

「すずに結婚を申し込もうと思ってた」

「……っ!」

まさかのプロポーズの真実に、私はさすがに言葉を失う。前日に彼がご機嫌だった理由も『とっておきのお返し』の意味も理解して、懐《なつ》かしい胸の高鳴りを覚えた。

……もしもあのとき、豪さんが約束通り来てくれたなら。プロポーズしてくれたなら。私は今とは全然違う人生を歩んでいただろう。豪さんと私と……そして太陽と三人。普通の家族を築いていたに違いない。

母子家庭であることを嘆いたことはない。太陽がいるだけで私は幸せだし、太陽は絶対に私が幸せにするのだから。

けど、本来いるべき父親がいたなら、幸せの形はきっとまた違っていた。

『もしも』を想像して高鳴った胸は、けれど結局叶わなかったことに落胆し、それどころか選択肢すら与えられなかったことに悔しさを覚える。

「……なら、どうして待ち合わせ場所に来なかったの？　一切連絡も取れなくなって、マンションに行っても出なくて……私、捨てられたんだって思ったんだから」

もう戻らない過去が悔しくて、つい責めるような言い方をしてしまった。

豪さんがほずみフーズの御曹司だということを黙っていたのは許せても、突然姿を消したのは別問題だ。むしろそこが問題だ。

すると彼は眉間《みけん》に深く皺《しわ》を刻み、フーっと悩まし気に嘆息してから口を開いた。

「……軟禁されてた」

「え?」

ちょっと聞きなれない単語が飛び出した気がして、私の昂《たかぶ》っていた気持ちは疑問に塗り替えられた。

「軟禁されてたんだ。十三日の夜に睡眠薬を飲まされて、寝てる間にプライベートジェットに乗せられて、目が覚めたら上海《シャンハイ》だった」

「……は?」

あまりにも突拍子《とっぴょうし》のない展開に、私は目が点になる。……なんの冗談?

ポカンとしている私とは対照的に、豪さんは苦悩の表情を浮かべて話し続けた。いつもにこやかな彼のこんな表情は初めて見る。

「俺の母はとても厳しい人で、昔から子供に一切の自由を許さなかったんだ。結婚もそうだ。……プロポーズの前に母に話した俺が馬鹿だった。自分が選んだ相手と結婚させたい母は、俺がすずに結婚を申し込むことに大反対して強硬手段を取ったんだ」

豪さんの話によると、上海のマンションで目覚めた彼は当然日本へ帰ることも許されずスマートフォンもパスポートも没収されたらしい。二十四時間SPに見張られ、私に電話一本することも叶わなかったそうだ。当時私が豪さんの会社に電話をかけたとき、そんな社員はいないと言われたのも彼の母の指示だったとのことだ。

「母は、俺が上海の支社で業績を上げたら日本に帰すと条件を出したんだ。母の手のひらで踊らされてるとわかっていたけどね、逃げ出す手段もない状態ではやるしかなかった。三年で純利益を過去最高に引き上げて、ようやく帰国できたのが半年前だよ」

豪さんの母は三年も経てばきっと息子の恋熱も冷めると考えていたのだろう。ところがどっこい、本州からいなくなった私を捜して豪さんが離島にまで行くとは予想外だったはずだ。

「帰国してすぐに会いにきたかったけど、すずは引っ越してて転居先もわからないし電話番号も変わってたから、捜すのに時間がかかってしまって……。遅くなってしまって、本当にごめん」

再び頭を下げた豪さんに、私はどんな顔をすればいいのかまたわからなくなってしまった。

四年前の失踪《しっそう》の理由。これが本当ならば彼は悪くない。けれどやっぱり、もう戻らない四年間が悔しくて素直に笑顔にはなれない。

それに今更どうすればいいのだろう。よりを戻す戻さないの問題じゃない。今はあの頃と何もかも変わっている。私を捜してここまで来た豪さんだけど、私が彼の子供を産んでいたと知ったらどうするつもりなのだろう。

「それにしてもまさか、本州を離れてたとは思わなかったよ。見つけられて本当によかった」

私が黙ってしまったからか、豪さんが沈黙を破るように言った。まだ何をどう言っていいかわからない私は、曖昧《あいまい》な笑みを浮かべてひとまず本題から逸《そ》れる。

「よくここがわかったね。今って簡単に他人の転居先調べられないんでしょ？　どうやって捜したの？」

てっきり弁護士や探偵でも使って調べたのかと思ったら、彼は「はは」と小さく笑ってスマートフォンを取り出しこちらに画面を見せてきた。

「これ。すずのお気に入りのアリクイのマグカップが映ってたから、ひと目ですずだってわかったよ」

「え？」

画面に表示されていたのは、あまりにも意外なものだった。それは私が三日前にSNSでほずみ先生に送ったリプライの写真だったのだから。

……そのとき、私はようやく気がついた。ほずみ先生がほずみフーズグループの御曹司だということは、つまり——。

「ほ……ほずみ先生……？」

私は呆気に取られながら目の前の豪さんを指さす。そうして四年前より男らしさを増した彼の輪郭や体格が、いつもスマートフォンの向こうで見ていたお料理タレントと同じだということを悟った。

豪さんは照れくさそうに頷いて、スマートフォンを操作しながら言った。

「帰国してからも監視が厳しくて、弁護士や探偵は使えなかったんだ。だから自分で捜そうと思って、会社のPRって名目でお料理タレントを始めたんだよ。料理が好きで、ほずみの商品が好きなすずならきっと見てくれると思って。それでフォロワーやリプライしてくれたアカウントを片っ端から調べていって……ようやく三日前にすずの手がかりを見つけたってわけ」

「えええぇぇっ⁉」

……私は豪さんを見くびっていたかもしれない。彼が私のことを大好きなのは知っていたけど、ここまですさまじい情熱を持っているとは知らなかった。まさか、大人気お料理タレント『ほずみ先生』が、私を捜すための手段だったとは。

「ハムエッグパイ作ってくれたんだね、嬉しいな。すずなら〝ホッとあったかワンタン雑炊〟辺りに食いつくかなと思ってたんだけど。ああ、それでね。ほら、リプライの写真にすずのマグカップが写り込んでただろう？　あのカップかなり珍しいから、これですずのアカウントが確定したと思って。あとは過去の投稿を遡《さかのぼ》っていったんだ。すず、個人情報のリテラシーが高くて偉いね。なかなか住所が割り出せる情報がなかったよ。でも一枚だけ海の写真があって、日付と天候と地形と太陽の位置から場所を割り出して……」

さらに嬉しそうに語る彼を、私は驚愕《きょうがく》の眼差しで見つめてしまった。

豪さんってもしかしてストーカ……ううん、執着愛と呼ぼう。どうやら彼は私が思っていた以上に情熱的で執着愛の激しいタイプらしい。

豪さんが四年間音沙汰《おとさた》のなかった理由、軟禁なんてあまりにも非現実的で少し信じ難い気持ちがあったけど……今では全部本当だって信じられる。だって私を捜すために大人気のお料理タレントにまでなって、僅《わず》かな手がかりから本当に見つけ出した人だ。それほどまでに尋常じゃない愛を抱えた人なら、軟禁でもしない限り四年も私から引き離しておくことはできなかっただろう。

「……豪さんって、そんなに私のこと好きなの？」

なんだかもう笑いが込み上げてきてしまって、クスクスと肩を揺らしながら聞けば、豪さんは頬を染め嬉しそうに目を細めて頷いた。

「大好きだよ。世界で一番……ううん、世界できみだけを愛してる」

四年間、心の奥底でどうしても消せなかった冷たい感情が融けていく。

新しいスタートが切れるかもしれないと思った。豪さんと私、そして太陽。今度は愛する家族として。

「豪さん。あのね――」

微笑んで、口を開きかけたときだった。

「ママ！」

聞きなれた愛しい声が聞こえ、振り返ると太陽が私のほうへ向かって駆けてくるのが見えた。

「ママ、たぁくんきたよ！」

私はしゃがんで手に持っていたのぼりを置き、そのまま走ってきた太陽を受けとめる。

「いけない、もうそんな時間？」

すっかり豪さんと話し込んでしまった。厨房では紗代さんがせっせとピザの準備をしているに違いない。私は太陽を抱いたまま慌てて立ち上がる。

「あら。すずちゃん、そちらお客様？」

太陽と一緒にやって来た典代さんが、スーツ姿の豪さんを見て愛想よく微笑む。いきなり「太陽のパパです」とはさすがに言いづらくて、この場を互いにどう説明すべきか頭を悩ませた。すると。

「………『ママ』？」

ぽつりと呟いた声が聞こえて、私は豪さんのほうを振り返った。

彼は零れそうなほど目を見開き、驚愕の面持ちを浮かべていた。そしてフラフラと一、二歩後ずさると片手で顔を覆って項垂れる。

「……ママ……？　え？　ま……？　え？　……ご、ごめん、すず……。ちょ……ちょっと冷静じゃいられない……。出直すね……」

豪さんは蒼い顔をしてそう言うと踵を返し、ふらつく足取りで去っていってしまった。

「え？」

彼の反応に私はポカンとしたまま固まってしまった。

結婚まで考えてくれていた豪さんなら、てっきり太陽の存在を知っても喜んでくれるかと思ったのに。彼にとって私は恋人たり得ても、家族にはなりたくないのだろうか。そう考えたらショックで、さっきまでの温かい気持ちがまた冷たくなっていった。

「ママ、おなかいたいの？　ねんねしゅる？」

しょんぼりしてしまった私に気づき、太陽が心配そうに小さな手で私の頭を撫でてくれる。

「ううん、大丈夫。元気だよ！　さ、お昼ご飯食べようね。今日はピザだよ」

太陽に心配かけまいと私はパッと笑顔になり、明るい声で答える。去っていく豪さんを不思議そうな目で見ている典代さんにも「あとでお話しします」と微笑んで告げた。

それから太陽と一緒に熱々のピザを食べているときだった。

「……ん？　あっ」

——もしかして豪さんが、私が別の人と結婚して子供を産んだのだと誤解したんじゃないかと気がついたのは。

「すず、ごめん。昨日は突然帰ったりして」

そう言って豪さんが再び私の前に現れたのは翌朝、『ＩＳＯＬＡ』の開店準備でお店の前を掃き掃除していたときだった。そして彼は案の定、私が他の男性と結婚していると誤解していた。

「俺は勝手だ。すずにはすずの四年間があったのに、きみと再会することしか頭になくてそこまで考えが及ばなかった。……結婚おめでとう。あとでお祝いの品を贈らせてもらうよ。旦那さんとお子さんと、お幸せに」

ぎこちない笑顔を浮かべる彼の目の下には、濃い隈《くま》ができている。言わずもがな、昨夜は一睡もできなかったことが窺えた。

とんだ早とちりではあるけど、そう誤解するのはわかる。避妊具を使って一度しかしていないのに、まさか子供ができていたなんて夢にも思わないだろう。

私はほうきとちりとりをいったん置くと、彼に向き直って口を開いた。

「……あのね、豪さん。あなた誤解してる。私、結婚もしてないし、あれから誰とも付き合ってないよ」

私の言葉に豪さんは「え？」と不思議そうに目をしばたたかせる。そしてしばらく考え込んでから目を見開き、震える指で自分のことを指さした。

「そうだよ。あの子は……太陽は豪さんの子供。私たち一回しか夜を共にしていないけど、避妊に失敗してたの。嘘じゃないよ、ＤＮＡ検査したって構わないから」

「……俺の……子供……？」

豪さんは瞠目《どうもく》したまましばらく固まっていた。それから自分の手を見つめ、私を見つめ、震える手で顔を覆って呟いた。

「……すずをあきらめなくてよかった……」

「ご、豪さん？」

まさか泣いてしまったのだろうかと思い近づくと、彼は私をいきなり抱きしめてきた。加減のない抱擁に、彼の気持ちが表れている。

「すず、すず……！　ありがとう、俺の子供を産んでくれて……本当にありがとう。今までひとりで大変な思いをさせてごめん。もう絶対に苦労させない。離れていた分まで幸せにするから」

「豪さん、痛い痛い。腕の力緩めて。っていうか職場の前で抱きつかないでってば」

本当のことを知って彼が怯んだり逃げ出したりするような人間じゃなくてよかった。それどころか、こんなにも感激している彼に私の胸も熱くなる。うっかり涙が滲んでしまいそうになったときだった。

「すずちゃん？　何かあった？」という声と共にお店の入口が開いて、紗代さんが顔を出した。

「あっ、あの！　これは……！」

私は慌てて豪さんの胸を押しやり、彼の腕から抜け出そうとする。豪さんもハッとして「あ、ごめん」と腕をほどいた。

紗代さんは抱き合っていた私たちを見て一瞬目を丸くしたものの、すぐに納得して「ああ、この人が」と呟いた。そして私と豪さんに向かってお店の中に入るように手招きをする。

「すずちゃんから聞いてるわよ、太陽ちゃんのパパでしょ。そんなとこでくっついてないで、とりあえず中に入って話したら？」

紗代さんのありがたいはからいに、私と豪さんは顔を赤くして「ありがとうございます」とお店の中に入った。


昨日仕事が終わってから、私は紗代さんや典代さんたちに豪さんのことを話した。彼が本当はほずみフーズグループの御曹司だったり、四年間上海で軟禁状態だったりしたことにみんな驚愕していたけど、ひとまずは太陽の父親の行方がわかったことを喜んでくれた。そしてみんな口を揃えて言ったのだ。『これからどうするかは、すずちゃんと太陽ちゃんが間違いなく幸せになれる道を選びなさい』と。

「今日は日曜だから朝の常連さんも少ないし、すずちゃんも座っててていいわよ」

そう言って紗代さんは奥の席へ案内すると、豪さんと私にまでコーヒーを出してくれた。

「すみません、お仕事中なのに」と申しわけなく思えば、紗代さんは「いいから、いいから。その代わり午後の買い出しはよろしくね」と片手を振って笑った。

「営業中に私事《わたくしごと》で押しかけて申しわけございません。すぐにお暇《いとま》いたしますので」

椅子《いす》から立ち上がって頭を下げた豪さんに、紗代さんは「礼儀正しいわね、太陽ちゃんのパパは」と感心したように言っていた。

「すず、仕事の邪魔してごめん。連絡先を交換したらすぐお暇するよ。それから、すずの都合のいい時間を教えて？　火曜日まではこの島にいるから、また会いにくるよ」

椅子に座り直した彼はそう話しながら、急ぎ気味にコーヒーを喉《のど》へ流し込んだ。

「火曜日まで？　豪さんこそお仕事大丈夫なの？」

「じつは、ほずみ先生の出張ロケって名目でこの島に来てるんだ。あとはリモートワークでなんとか」

それを聞いて改めて、ほずみ先生は豪さんなんだなと実感した。あのクールで塩対応なイケメンと、私の前ではいつもニコニコしている彼が同一人物とはなんとも不思議な気分だ。

「じゃあ明日がいいな。ちょうどシフト休なんだ。ねえ、ついでに撮影見にいってもいい？　私、ほずみ先生のファンなんだ」

「もちろん。すずにそう言ってもらえると嬉しいな」

そうして私と豪さんは電話番号とメッセージアドレスを交換した。それから今の住所も。

「すず、ここに住んでるんだ？　なんだ、だったらこの旅館に泊まればよかった」

「今日明日はもう予約でいっぱいだから、また今度ぜひ来てね。ご飯もおいしいし、お部屋からの景色もいいし、おすすめだよ。……豪さんの住所、これはご実家？」

「うん。けどもうすぐ引っ越す予定。引っ越したらすぐに教えるからね」

明日の待ち合わせ時間と場所を決め終えると、豪さんは残っていたコーヒーを飲み干して椅子から立ち上がった。そして腕時計を見て「邪魔してごめんね。そろそろ行くよ」と私に告げてから、厨房にいる紗代さんにも頭を下げた。

お店から出るとき、ドアまで見送る私を豪さんは振り返り、少しモジモジとしながら緊張を帯びた面持ちで口を開いた。

「……明日、息子も連れてきてもらっていいかな。もっと慎重に会う手筈《てはず》を整えるべきかもしれないけど……でも、会いたい。きみと俺の子供に」

どうやら豪さんはずっとそのひと言が言いたかったようだ。彼が太陽に会いたいと思ってくれていたことに、私の顔が綻ぶ。

「もちろん連れていくよ。太陽もね、ほずみ先生が大好きなんだよ。ほずみ先生がパパだって知ったら、きっと喜んじゃうね」

私の言葉に、豪さんはたちまち頬を赤くして破顔《はがん》した。ものすごく嬉しそうだ。

「じゃあ明日のロケは張り切るよ！　ああ、嬉しいな。夢みたいだ。すずと子供に働く姿を見てもらえるなんて」

彼と再会したときは不安も不信感もあったけれど、今は違う。太陽の存在をこんなに喜んでくれる豪さんの姿に、私は幸せを感じ始めていた。

彼と結婚することになるなら、住む場所や仕事など考えなくてはいけないことはあるけれど、それでもやはり太陽にパパができるのは嬉しい。豪さんはきっとうんと太陽を愛してくれるだろう。

そして私も、昔と変わらない愛を抱く豪さんと夫婦になれるのは嬉しいと思った。

きっと私たちは幸せな家族になれる――なんて考えた私は甘かったのだろうか。

翌日。ほずみ先生のロケは海辺のバーベキュー場で行われ、撮影が終わったあと私たちは近くの砂浜で待ち合わせることになった。

「太陽、ほずみ先生のお料理面白かったね。それにあったかくて本当においしかった」

「たぁくん、おといっぱいたべたよ。メジナとねーキンメとねーイカのおだんごとねー」

今日のほずみ先生のお料理は釣りたての魚をふんだんに使った海鮮鍋だった。見学していた私たちもご相伴にあずかったけど、冬の屋外で食べるお魚の旨味たっぷりの熱々のお鍋はとてもおいしかった。

もちろんほずみフーズのPRチャンネルなので、自社製品を使うのも忘れていない。鍋のもとや薬味チューブ、シメの冷凍うどんなども大活躍だった。

太陽もお気に召したようで、おかわりをもらったほどだ。豪さんとは撮影中だったから言葉を交わせなかったものの、遠目に太陽の様子を見て内心きっと喜んでいたに違いない。

お腹がいっぱいの太陽もすっかりご機嫌で、砂浜に棒で絵を描いて遊んでいる。

「みて！　ママかいたよ！」

そう言って太陽が誇らし気に見せたのは、ニコニコ顔の丸だ。隣にいる小さなニコニコ顔は、きっと太陽だろう。

「わぁ、上手！　ありがとう、可愛く描いてくれて嬉しいな。隣にいるのは太陽？　一緒でもっと嬉しいな」

褒められた太陽は嬉しそうに目をギュッと細めて笑う。そして棒を投げ捨てると「ママ、だぁーいしゅき」と私にギュッと抱きついた。……そのときだった。

「すず、おまたせ」

道路のほうからこちらに向かって豪さんが歩いてくるのが見えた。

マスクもエプロンも取り、前髪も上げて、すっかりほずみ先生から豪さんに戻っている。もしかしたら太陽はほずみ先生だと気づかないかもしれない。

「豪さん」

私は太陽を抱き上げると、彼に向かって歩いていった。

豪さんは私を見て顔を綻ばせ、それから少し緊張を滲ませた笑顔で太陽を見つめる。

「……こんにちは、でいいのかな」

自分の子供と認識してから初めての対面なのだ。緊張するのも当然だろう。けれど豪さんは笑みを絶やさず、太陽に話しかけ続けた。

「太陽、素敵な名前だね。ママがつけてくれたんだってね。俺……僕は羽生田豪。きみのママの一番の仲よしで、これからはきみの仲よしにもなりたい」

豪さんなりに三歳の子供に対して一生懸命言葉を尽くしているのがわかる。その思いが伝わっているのか、太陽は何も言わずジッと豪さんを見つめたままだ。

「僕も、太陽って呼んでいいかな」

豪さんが微笑んで小首を傾げる。

太陽は大勢の人が周りにいる環境で育ったせいで、人見知りしない子だ。九十九家の人や旅館の従業員さん、業者さん、ご近所さんはもちろん、初見《しょけん》の観光客相手にだってニコニコしている。──ところが。

「いやっ！」

太陽は強くそう言うと、豪さんから顔を背《そむ》け私の胸にうずめた。

「た、太陽？」

初めて人見知りをした太陽に、私は驚いて動揺した。こんな様子は初めてだ。

「いや！　たぁくんかえる！　ママとかえる！」

太陽はギュッと私にしがみついてくる。

「ど、どうしたの？　太陽」

背中をさすって宥めるけど、太陽はイヤイヤと首を横に振ってますます強く私の服を掴んだ。

豪さんは唖然としている。まさかここまで全力で拒否されるとは思っていなかったのだろう。その表情からは明らかに狼狽《ろうばい》しているのが窺えた。

「あの、えっと……あ、怪しいものじゃないよ。俺、じゃなく僕は太陽と友達になりたいんだ」

「いや！」

取り付く島もない様子に、私もどうしていいかわからなくなる。太陽と豪さんには仲よくなってほしいけど、無理強いをするのも可哀相だ。そのときハッと閃き、私はひときわ明るい声で太陽に話しかけた。

「太陽、じつはね、この人ほずみ先生なんだ！　太陽、ほずみ先生大好きだよね？」

豪さんもハッとして、慌ててポケットからマスクを取り出して着ける。それからアップに整えていた前髪を手櫛《てぐし》で下ろすと、いつもより低い声で「ほ、ほずみ先生です」と言った。私は太陽の気分を盛り上げるよう、「ほら、パパパ～ン、パパパ～ン『ほずみ先生のお料理チャンネル』～だよ、太陽！」とオープニングメロディまで口ずさんだ。

しかし太陽は振り返って一瞬キョトンとしたものの、しばらく豪さんを見つめてから再び「いやっ」と言って私の胸に顔をうずめる。

「ほじゅみせんせん、しゅきじゃない！　ほじゅみせんせん、あっちいって！」

「ど、どうして……」

まさか、あんなに大好きだったほずみ先生まで拒絶するとは。

あまりに太陽が激しく拒絶するものだから、結局この日は豪さんとは話し合いもせず帰らざるを得なかった。

「今日はごめんね。普段は人見知りしない子なんだけど……」

その日の夜、太陽が寝ついてから豪さんと電話をした。

あれから太陽はすっかり機嫌を損ね、私にくっついて離れず、ずっとグズグズしていた。体調が悪いとき以外でこんな甘え方をするのは初めてだ。

「いや、こっちこそごめん。俺も小さい子にあまり慣れてなくて、きっと怖がらせちゃったんだと思う。やっぱりもっと丁寧に段階を踏むべきだったよ」

電話の向こうでそう話す豪さんの声が、ほんのり元気がない。息子と初めての対面で拒絶されたのがショックだったのだろう。

けれど豪さんは咳ばらいをひとつすると、気を取り直したように真剣な口調で話し始めた。

「それで、今日話したかったことなんだけど……俺、すずと結婚したい。すずと太陽と一緒に暮らしたいと思ってる。もともとすずに会いにいったのは、誤解を解いて改めてプロポーズするつもりだったんだけど、太陽の存在を知ってますますその気持ちが強くなったんだ。すずと太陽と家族になりたい。すず……俺と結婚してください」

彼からの求婚は承知していたけど、いざはっきりと言葉にされると鼓動が跳ねる。

私の気持ちも同じだ。豪さんの愛が変わっていないと知った以上、改めて彼と新しいスタートを切りたい。豪さんと私と、そしてふたりの子供である太陽と三人で。

「本当はちゃんと顔を見て言いたかったんだけど、ごめん」

電話の向こうで残念そうに豪さんが笑う。私は口もとを綻ばせ、頭を小さく横に振った。

「大丈夫、電話でもちゃんと気持ち伝わってるよ。……ありがとう、豪さん。私もあなたと家族になりたい」

私の返事を聞いた豪さんが息を呑むのが伝わってくる。そして小さく「うん」と答えると、感極まった声で告げてきた。

「……愛してる」

もしかしたら彼の瞳は今潤んでいるかもしれない。そう思ったら私まで込み上げてくるものがあって、そっと鼻をすすった。今すぐ抱き合えないのがもどかしいと思っているのは、きっとふたりとも同じだと感じながら。

「明日の午前には島を発つけど、またすぐに来るよ。これからのことも話し合いたいし、何より太陽に好きになってもらえるよう頑張らないとね」

豪さんは明るい声でそう言った。今日の太陽との対面はうまくいかなかったけど、前向きに頑張ろうとしているようだ。

「そうだね、それが一番大事」

早く彼と家族になりたいという思いはある。けど、形だけの家族では意味がない。私は太陽が産まれたときに決意した、絶対にこの子を幸せにすると。だから私の勝手で太陽に無理強いするような真似はしたくない。太陽が豪さんのことを好きになって〝パパ〟として受け入れられるまで、結婚には踏み切らないつもりだ。

「目標は『パパ』って呼んでもらうことかな」

豪さんも同じ思いのようで安心した。

電話を切ったあと、私はスヤスヤ眠る太陽の頬をそっと撫でた。天使のように愛らしくあどけない寝顔の中にも、長い睫毛《まつげ》や整ったパーツなど豪さんを感じる。

「きっと今度は大丈夫だよね」

血の繋がった父と息子なのだ。今日は驚いてしまったけど必ず慕い合える日がくると信じて、私は太陽の寝ている布団に静かに潜り込んだ。

四　愛情過多と愛情不足

「いやあっ！　ほじゅみせんせん、こないで！　ほじゅみせんせん、バイバイ！」

私にがっちりしがみついて豪さんのほうを決して見ようとしない太陽に、豪さんは眉を八の字にした笑顔のまま固まる。

「今日も無理みたいねえ。せっかくおもちゃまで用意してきたのに、残念ねえ」

全力拒否の太陽の様子を見て、典代さんが気の毒そうに言う。

「太陽ちゃん、イヤイヤ期もほとんどなかったのにね。ここまで拒絶するの初めて見たわ。よっぽど羽生田さんのことが嫌なのね」

何気ない紗代さんの言葉に豪さんが密かにダメージを受け、一段と顔色が悪くなる。

「豪さん、ごめん。今日はここまでで……」

グスグスと泣き始めた太陽の頭を撫でながら、私は豪さんに小声で告げた。彼はものすごく残念そうに眉尻を下げたまま弱々しく微笑むと、手に持っていたぬいぐるみやサッカーボールやお菓子を典代さんに渡し、「それじゃあ、また……」と力なく去っていった。

豪さんと再会してから一ヶ月が経った。以前言った通り、彼は仕事の合間を縫ってはこまめに私と太陽に会いにきてくれている。

しかし残念ながら太陽はまったく豪さんに心を開かず、それどころか拒絶はますます強くなるばかりだ。

豪さんはまさに手を変え品を変え、太陽と仲よくなろうと試みてきた。おもちゃや料理のプレゼントはこれで三回目。会いにくるたびにファッションもあれこれ変えている。親しみやすいようなキャラもののトレーナーを着てみたり、太陽の好きな水色で統一してみたりと涙ぐましいほどの努力だ。さらに彼は太陽の好きな歌やアニメも網羅《もうら》し、それを口ずさんだりキャラの台詞を真似てみたりしては無視され撃沈《げきちん》していた。

正直、私も太陽がここまで豪さんを拒絶するとは思わなかった。普段はおっとりして人好きする子なのだ。あまりにも頑《かたく》なな太陽の態度に、典代さんや紗代さんもびっくりしていた。

「さすがに羽生田さん、ちょっと気の毒ね。背中から哀愁が漂ってるわ」

日の沈んだ道をトボトボと歩いていく豪さんの後ろ姿を見ながら、紗代さんが溜息をついて言う。

「この数分のためにわざわざヘリで来てるんでしょう？　妻と息子のためとはいえ、いじらしいわあ」

典代さんも豪さんの背に同情の目を向ける。確かに豪さんは気の毒だけど、私にしがみつく太陽もなんだか可哀相で、もはやこの繰り返しが正しいのかどうかわからなくなりそうだ。

時間は午後五時、私の退勤時間。『ＩＳＯＬＡ』は午後八時まで営業しているけど、夜のお客さんは少ない。うちはランチメインの常連さんが多いし、観光客は旅館で晩ご飯を食べる人が多いからだ。なので早朝から出勤している私はこの時間には上がっていいことになっている。太陽と晩ご飯を食べて一緒にお風呂にも入れるので、とてもありがたい。

豪さんは私の休日以外は、私の退勤時間に合わせてやって来る。けれど彼はよほど多忙なのだろう、長くても二十分くらいで帰ってしまう。今日のように太陽がまったく受けつけないときには、十分もしないで帰ってしまうこともざらだ。

彼はプライベートのヘリコプターを使いこの島へやって来ているという。ヘリコプターを個人で所有していることにも驚くが、さらに驚いたのがつい最近浜松町へ引っ越してきたということだ。

島の周りは本州に比べて風が強いことが多い。冬は特に。そして風が強い日は空路は使えないので、豪さんは浜松町にある竹芝桟橋《たけしばさんばし》から民営のジェット船でやって来る。横浜《よこはま》や久里浜《くりはま》、熱海《あたみ》からのほうが島には近いのだけど、ほずみフーズの本社が千代田《ちよだ》区《く》にあるので、浜松町のほうが便利なんだそうな。そしてそのためにわざわざマンションを借りて引っ越したというのだから、もはや敬服ものである。

とにかく、彼はとんでもない労力をかけてやって来る。ヘリコプターなら片道一時間弱、ジェット船なら二時間越え……。はるばる海を越えて私と太陽に会いにきてくれるのだ。

「豪さん、少し痩《や》せた気がします」

再会したときよりほっそりした彼の輪郭を思い出して呟く。

彼の業務の具体的な内容はわからないけれど、副社長という立場が暇ではないことぐらいはわかる。おそらく島への移動で消費される時間の皺寄せは、睡眠時間や休《きゅう》憩《けい》時間を削って補っているのだろう。外せない仕事や出張のときはさすがに会いにこられないけれど、それでも最低週一、多ければ週三というのは相当無理をしているはずだ。

「豪さんのためにも太陽のためにも、少し間を空けたほうがいいのかな」

彼の去っていった道を眺めながら独り言《ご》ちる。道の向こうにはすっかり夜に染まった海面が揺れていて、遠くに船の灯りが見えるような気がした。

太陽が豪さんを受け入れない理由はわかっている。『ママを取られたくない』からだ。

『子供ってそういうのすっごく敏感なのよ。言わなくてもね、本能みたいなもので〝この人はママを奪う人だ〟ってわかっちゃうの』とは、佳代さんの言葉だ。

佳代さんも昔、離婚後に男性から交際を申し込まれたことがあったけれど、克典さんの猛反発に遭《あ》ったらしい。その頃克典さんは五歳で、本人曰く何も覚えていないそうだけど、佳代さんは息子の気持ちを第一に考え交際はお断りしたそうだ。

『太陽ちゃんもきっと羽生田さんを〝ママを奪いにきた人だ〟って感じてるのよ』

そう言われてみると、なんだかとても納得してしまった。私が豪さんに会って嬉しい気持ちや、豪さんが私を見つめる眼差しを、太陽は幼心《おさなごころ》に敏感に感じ取っていたのかもしれない。それに――。

『そういえば豪さん、最初に言っちゃったんですよね。自分のことを〝ママの一番の仲よし〟って』

ふとそんなことを思い出せば、佳代さんも紗代さんも典代さんも、『あ～それはアウトだわ』と口を揃えた。

普段は誰にでも懐っこい太陽が、ママを取られたくないという思いであんなに豪さんに反発するのなら、私は太陽に彼と仲よくすることを無理強いできない。むしろ無理強いすればするほど逆効果だ。

「――というわけだから、いったん時間を空けたほうがいいと思うの。今は多分、会えば会うほど太陽は豪さんを嫌がるようになっちゃうんじゃないかな」

私が電話でそう話すと、豪さんは冷静に「わかった」と答えた。もしかしたら落ち込むんじゃないかなと思ったけど、案外大丈夫だったことに密かに驚く。すると。

「しばらく太陽に顔を見せないことにするよ。けど、こっそりふたりを見守るくらいならいいかな。電柱の陰から尾行したり、俺ってわからないように変装したり」

予想外の彼の提案に、ああそういえばこの人ストーカー気質……もとい執着愛がすごいんだったと思い出す。

「それは別に構わないけど……でも豪さん、疲れてるでしょ？　仕事忙しいのにちょくちょく島まで来て、無理してるのわかってるよ。このままじゃ体調崩しかねないから、豪さんも少し休んだら？」

私の言葉に豪さんは「……すず……」と言ってしばらく黙ってしまうと、やがてたっぷりと感情のこもった声で話し始めた。

「優しいね……。俺のことまで心配してくれるなんて、すずは本当に優しい。そういうところ大好きだよ。ああ、すずに会いたいな。けどせっかくきみが心配してくれてるんだからしばらく我慢すべきだよね。……駄目だ、我慢できない。すずに会いたい」

電話の向こうで想いを募らせている彼に、私はときめくよりも（困った人だな）と心の中で思う。

「じゃあ二週間、二週間だけ会うの我慢しよう。ちょうど年末年始だし、豪さんも忙しいでしょう？　その代わりできる限り電話するし、太陽の写真も送るから」

しかしその案には、彼は「えっ」と悲しそうな声を上げた。

「クリスマスとお正月に会えないのか……？」

「クリスマスは太陽、九十九家のみんなとパーティーするの楽しみにしてるし。っていうか年末年始って豪さん忙しいでしょ？　副社長なんだから。忘年会とか年始の挨《あい》拶《さつ》とかパーティーとかそういうのあるんじゃない？　あとほずみ先生の配信も」

「うっ……、それはそうだけど……」

私だって本当は豪さんと太陽と家族揃って過ごしたい。けど現状太陽はまだ豪さんを受け入れられないし、だったら無理せず今はお互いがそれぞれの場所で過ごすほうが利口だ。

「焦らず行こう、豪さん。私たち家族になるなら、来年も再来年《さらいねん》も一緒だよ。今はまだ準備の時間だと思おうよ」

そう説得すると彼は「そうだね。ごめん、俺は焦ってばっかりだ」と電話の向こうで苦笑した。しかし。

「けど、プレゼントとお年玉は贈ってもいいよね。あと電話だけじゃやっぱり寂しいからテレビ通話したいんだけど、いいかな。それから写真だけじゃなく、太陽とすずの動画も送ってほしい……」

やっぱり豪さんは豪さんだ。もしかしたら私と太陽を二週間もお預けしたら、彼は却って元気を失くしてしまうのではないだろうか。

そんな気がしなくもないけれど、とりあえず私は彼にしっかり休むよう言い聞かせたのだった。

そうして迎えたクリスマスイブの午後。ランチタイムのお客さんも引き後片付けをしていると、克典さんが私を呼びにやって来た。

「すずさんとたぁぼうにすげーいっぱい荷物届いてるんだけど」

「え」

豪さんのことだから太陽にあれこれプレゼントを贈ってくるんだろうなとは思っていたけど、彼の愛情はそんな生易しいものではなかった。

「な、何これ……」

旅館の裏手、九十九家や私の暮らす家の玄関前に宅配業者がせっせと荷物を積んでいる。その光景を見て、私は目が点になった。

「太陽のおもちゃと服と靴……何この量……。三輪車に自転車まである。何これ、乗れるリモコンカー？　こっちの大きいのはぬいぐるみ？　やだ、クリスマスツリーまである。こっちは本棚……？　わ、絵本がぎっしり」

山のように運び込まれる荷物は、まるで引っ越しだ。もしくはおもちゃ屋さんか書店か子供服ショップの開店準備だ。

おまけにプレゼントは太陽のものだけでなく、私に宛てたものまである。さすがにこちらは少し気が咎《とが》めたのだろう。太陽ほど山盛りではないけれど、高級ブランドのバッグやらアクセサリーの入ったジュエリーケースやらと高価なものばかりだ。

私は盛大な溜息をつくと荷物の中から子供用のリュックだけ取って、宅配業者の人に頭を下げた。

「申しわけないんですけど、これ送り返してください」

宅配業者の人はもちろん目を丸くしていたし、克典さんも「えっ、もったいない。もらっときゃいいのに」と驚いていた。

「だって、こんなにもらったって部屋に入らないし。それに太陽に馬鹿みたいな贅沢《ぜいたく》覚えてほしくない」

「それはまあ……確かに」

豪さんが愛情過多なのはわかっていたけど、再会してからさらに歯止めが利かなくなったみたいだ。けどそれと際限のない贅沢は話が違う。ましてや太陽に対してならなおさらだ。

山積みだった荷物が玄関前から少しずつ減っていくのを眺めていると、宅配業者の男性がひとり、保冷シートに包まれた箱を持ってきた。

「こちらは食品のようですが……送り返しますか？」

頷こうとしたけれど、伝票を見て私は思い留まる。

「……これは受け取ります」

すっかり玄関前の荷物がなくなったのを見届けてから、私はキッチンへ行って保冷シートの包みを開けた。

中から出てきたのはシュトーレン、それから可愛らしいアイシングクッキー。どちらも既製品のようにクオリティは高いけれど手作りだ。

彼に電話をかけるとすぐに繋がった。仕事中かと心配したけど、移動中だったらしい。

「豪さん、プレゼント届いたよ。どうもありがとう。……でも多すぎ。悪いけど部屋に入りきらないし、太陽にむやみに贅沢覚えさせたくないから、ほとんど送り返したから」

贈り物を拒絶され落胆するかと思いきや、豪さんは電話の向こうで苦笑を零していた。

「すずならそう言うと思ってた。けど、ごめん。あれもこれも贈りたくて、ひとつに絞れなくて」

「太陽に、リュックだけもらったよ。お魚型のやつ。太陽、お魚好きだからきっと喜ぶと思う。ありがとう」

私の言葉に、彼が顔を綻ばせたのが電話越しにも伝わった。

「そうか、太陽は魚が好きなのか。じゃあきっとあのリュックは似合うだろうね。クジラとどっちにしようか迷ったけど、魚を選んで正解だった。よかった、喜んでもらえそうなものがあって」

それを聞いて、私の胸が少し痛む。

送られてきたプレゼントは何十個とあって、もしかしてカタログのもの全部とか、お店の棚の端から端まで全部とか、そういう買い方をしたのかもと思ったけれど違うようだった。彼はちゃんと太陽の喜ぶ顔を思い浮かべて、ひとつひとつ選んだのだ。

無謀な量だったとはいえ、心の籠もったものを突き返したみたいで申しわけなさが湧く。

「うん、どうもありがとう。太陽にちゃんと渡しておくね。それから……全部受け取れなくてごめん」

私が謝ると、豪さんは「どうしてすずが謝るんだ?」と不思議そうにしていた。

「あ、あと、クール便も受け取ったから。シュトーレンとクッキー。これ、豪さんが作ったんでしょ?」

伝票には『ほずみ先生のシュトーレンとクッキー』とご丁寧に書いてあった。それにアイシングクッキーを見れば一目瞭然《いちもくりょうぜん》だ。男女と子供を模《かたど》った可愛らしいクッキーには、それぞれ『パパ』『ママ』『太陽』と書いてあったのだから。

「そう。ほずみ先生のチャンネルで作ったものと同じだよ。レシピをだいぶ研磨《けんま》した自信作だから、味は悪くないと思う」

彼は先週、子供と作るクリスマスメニューという内容で動画をあげていた。シュトーレンはラム酒の代わりにシロップを使い、ドライフルーツとチョコチップをたっぷり入れた子供の舌にも合うものだ。

ほずみ食品の冷凍クッキー生地を使ったアイシングクッキーは手軽で、作る過程も仕上がりもいかにも子供が喜びそうなものだった。

豪さんは本当は、太陽と私と一緒にこれを作りたかったのかもしれない。むしろそのために考えていたレシピだった可能性もある。

いじらしいなと思ったら、胸がますますギュッと締めつけられた。

「ありがとう。太陽と一緒に食べるよ。パパがこんなにおいしいお菓子作れるんだって知ったら、豪さんのこと好きになるかもしれないね」

そう願いたい。太陽に無理はさせたくないけれど、豪さんの想いが届いてほしいとは思う。

豪さんは小さく笑うと、少しだけ改まったように喋り出した。

「俺が料理をするようになったのはほずみ先生になってすずを捜すためだけど、すずに影響されたからでもあるんだ」

「私に？」

「うん。四年前、すずが作ってくれた温かい料理が忘れられなくて。俺もいつか……すずと再会して家庭を持つことができたら、きみと子供においしいものを作ってあげたいって思ったんだよ。だからほずみ先生のレシピはみんな、きみを想って考案したものなんだ。きっとすずならこんなふうに作る、すずならこれをおいしいって言うだろうなって、想像しながら考えた」

思わぬ裏話に、なんだか泣きたくなった。ほずみ先生のレシピは百を超える。それらがすべて私に向けられた想いだったと知って、うまく言葉を返せなくなってしまう。

「シュトーレンとクッキー、すずと太陽に食べてもらえて嬉しいよ。よかったらあとで感想聞かせてくれ」

私は込み上げてきた涙を拭うと、泣いていることを悟られないように明るい声で言った。

「うん。ねえ、豪さん。来年のクリスマスは三人で作って一緒に食べようね、約束」

電話の向こうで豪さんは一瞬言葉を失くし、それから満面の笑みが浮かぶような幸福に満ちた声で「ああ、約束」と返した。

毎年クリスマスは九十九家と従業員のみんなと、ささやかながらパーティーをしている。

仕入れ先からもらった新鮮なお刺身と、紗代さんが腕を振るったチキンやピザなどがテーブルに並び、仕事が終わった人から食べて飲むというフリースタイルだ。

私と太陽は早い時間から参加して夜八時には部屋に戻るのだけど、それまでにみんな一度は顔を出して太陽にプレゼントをくれた。

「たぁくん、クリシュマシュだいしゅき……」

ご馳走とプレゼントに囲まれて、太陽は恍惚とした表情で呟く。その気持ち、わかるな。私も子供の頃はクリスマスが一年で一番楽しみだったっけ。

そして太陽がお刺身もチキンもピザもぺろりと食べ終えてから、私は豪さんの作ったシュトーレンとクッキーをテーブルに出した。

「たぁくん、これしってる！　おえかきの……ハッシンクッキー」

アイシングクッキーを知っている太陽はお皿に並べられたそれをひとつ取って、目を輝かせながらマジマジと眺める。

「かわいいねーおほししゃまもあるねー。クリシュマシュだから……おほししゃまたべていい？」

私が頷くと太陽はにっこりと目を細めて、シュガーコーティングしてある星のクッキーを口に入れた。モグモグとそれを食べつつ、たくさんの種類があるクッキーを眺め続ける。

「太陽、これもおいしいよ」

小さく切り分けたシュトーレンを口に入れてあげると、太陽はじわりと染み出るシロップの甘さに、ほっぺを両手で押さえながら「あまぁい！」と驚いていた。

「おいしい？」と尋ねた私に、太陽は「うん！」と元気よく頷く。私は少しドキドキしながら、小さな頭を撫でて言った。

「よかったね。このお菓子はね……太陽のパパが作ってくれたんだよ」

「パパ？」

アイシングクッキーの中からみっつのクッキーを指で手繰《たぐ》り寄せ、太陽の前に並べる。絵本のように可愛い顔のついた三人のクッキー。そこに描かれている文字を指さしながら読み上げる。

「この小さい男の子が太陽。ほらここ、『たいよう』って書いてあるんだよ。それでこっちの女の子がママ。読めるよね、『まま』って。それから、こっちの大きい男の子が……『ぱぱ』。太陽と、ママとパパで家族なんだよ」

説明する私を、太陽は不思議そうに見ている。

太陽はまだ父親というものをよくわかっていない。生まれたときから家族はママしかいなくて、代わりに色々な人が周囲にいたのだ。まだ同年代の子と接する機会も少ないので、よその家庭と比べることもない。

パパという単語はなんとなく聞いたことがあるものの、太陽にとってそれは特に意味のあるものではなかった。

私も太陽がもっと大きくなってから説明しようと思っていたし、豪さんのこともまずは仲よくなってからパパというものを理解させようと考えていた。けれどわけのわからないまま知らない男の人を受け入れるより、豪さんが太陽の家族であることを伝えたほうがいいのかもしれない。

「太陽のパパはね、今までお仕事が忙しくってずっと太陽に会えなかったの。でもやっと太陽に会えるようになってすっごく喜んでる。太陽とうんと仲よくしたいんだって」

話しながら、私は豪さんからのプレゼントの魚のリュックを取り出して太陽に見せた。

「ほら、これも。パパから太陽にクリスマスプレゼントだって。太陽、おとと好きだもんね」

「おとと！」

案の定、太陽は目をキラキラさせてリュックに手を伸ばした。それを背負わせてあげ、スマートフォンで写真を撮って鏡代わりに見せてあげる。太陽は魚を背負った自分の姿に、頬を赤くして喜んでいた。

典代さんはじめ、周囲にいる大人も太陽のリュック姿を褒めそやす。

「よく似合ってるわぁ。いいものもらってよかったわね、太陽ちゃん」

「可愛い！　お魚リュック、世界一似合ってるよ！」

「たぁぼう、大好きなおととももらえてよかったなあ」

みんな事情を知っているので、一生懸命太陽の気分を上げてくれる。ありがたい。

大好きな魚のリュックをもらえて、みんなに褒められて、太陽は最高にご満悦だ。熱が出るのではないかと心配になるくらい興奮してニコニコしている。

「よかったね、太陽。パパにありがとう言おうね」

「たぁくん、ありがとーしゅるよ！　パパに、ありがとーって！」

〝パパ〟の受け入れは成功したようだ。けれど問題はここから。

「太陽ちゃんのパパってどんな人？　おばあちゃんに教えてほしいな～」

典代さんが太陽に向かって小首を傾げる。もちろんこれも打ち合わせ済みのことだ。

尋ねられた太陽はしばらく口をポカンとしながら考えて、私の顔を見上げる。彼にとって〝パパ〟とは今日突然プレゼントやお菓子をくれた人で、それ以外は何もわからない。

私はスマートフォンを操作し、「じゃーん、この人が太陽のパパでーす」と豪さんから預かった動画を再生してみせた。スマートフォンの画面の中では豪さんがサンタ帽をかぶって、ニコニコしながら手を振っている。

『メリークリスマス、太陽。お魚のリュック、気に入って――』

しかし。豪さんの姿が見えるなり太陽は両手でスマートフォンの画面を塞ぎ、顔から笑みを消してしまった。

「ほじゅみせんせん、バイバイ」

そう言いながら、太陽は戸惑っているようだった。パパという素敵なプレゼントをくれた人が、ママを奪おうとしている豪さんとうまく結びついていないらしい。

私はいったん動画を止めると、困惑している太陽の頭を撫でながら話した。

「太陽、ごめんね。ママがお話しする順番間違えちゃったから、太陽はわかんなくなっちゃんだよね。今まで会えなかったけど、太陽には生まれたときからパパがいたの。そのパパはほずみ先生。パパは太陽のことが大好きなんだよ」

太陽は無言のまま小さな手で私にギュッと抱きつく。きっと三歳なりに理解しようといっぱい頭を働かせているのだろう。

「たぁくん、ママがいい……」

小声で漏らした呟きは、一生懸命自分の気持ちを伝えようとしている彼の本音だ。

私はギュウッと太陽を抱きしめ返す。

「ママも、太陽がいい。一番大好き。太陽もママが一番大好きでいいんだよ。今までと何も変わらない。大丈夫、パパは太陽からママを取ったりしないよ。だってパパは太陽のことが大好きなんだもん。太陽が悲しむようなことは絶対にしない」

それは誤魔化しでもなんでもなく、本当のことだ。豪さんは太陽のことを心から大切に思ってくれていて、だからこそ楽しみにしていたクリスマスに会うのを我慢してくれている。きっと彼ならば太陽が受け入れてくれるまで、何年だって待ってくれるだろう。

その言葉に安心したのか、私を掴む小さな手から力が少し緩んだ。

「太陽がパパに会いたくないなら、まだ会わなくてもいいよ。でも『プレゼントありがとう』ってお手紙は書こう？」

ほんの少しだけ歩み寄りを提案すると、太陽は私から離れながら「……ありがとー、しゅる」と小さく頷いた。けれどその顔にはまだ戸惑いが濃く浮かんでいる。

するとすかさず、典代さんたちが太陽を褒め称えた。

「太陽ちゃん偉い！　ちゃんとパパにありがとうするなんて、すっごく偉いわあ！」

「パパにお礼できるなんて、太陽ちゃんカッコいい！」

「よっ！　たぁぼう、天才！　魚のリュックが世界一似合う男！」

大げさなくらい持ち上げられて、太陽の顔がだんだんと恥ずかしそうに綻ぶ。「うふふー」とはにかんで再び私に抱きついたあと、パッと上げた顔は偽りのない笑顔だった。

「たぁくん、パパにありがとーしゅる。おとととー、ハッシンクッキーありがとーっておてがみしゅるね！」

「太陽……！」

初めて太陽から豪さんへ歩み寄りを見せたことに、私は感激して太陽をうっかり強く抱きしめてしまった。

「偉い！　可愛い！　太陽世界一大好き！」

太陽はニコニコしながら「ママだいしゅき」と返し、それからテーブルの上のアイシングクッキーをおいしそうに食べた。

クリスマスプレゼントのお礼を書いた手紙は数日後に無事届き、その夜、豪さんから歓喜《かんき》の電話がかかってきた。

「こんな嬉しいことってないよ。ありがとう、全部すずのおかげだ」

手紙とはいえ太陽にパパと呼んでもらえたことがよほど嬉しかったのだろう。豪さんは何度も私にお礼を告げ、手紙を額に入れて飾るとまで言い出した。

父子の関係がほんの少しだけでも進展したことに、私はホッとする。彼もようやく道が開けたことに安堵《あんど》したのか、この夜は少し将来の話を口にした。

「太陽が俺を受け入れてくれたら、今度こそ結婚しよう。そうなると色々決めなくちゃいけないね」

太陽のことが解決しても、考えなくてはいけないことはたくさんある。例えば住居。私としては島で生きることを決めたし、ここで子育てしたい。けれど本州で仕事をする豪さんに島暮らしは向かないだろう。風が強い日はヘリや船も出せなくなるし、そもそも毎日海を越えて出社するのは大変だ。悩ましい。

それから、結婚式。豪さんは海外で三人で挙式したいと提案したけど……気になることがある。

「豪さんのご両親は招待しなくていいの？」

彼が四年前に失踪した原因は、彼の母が私との結婚に反対したからだ。そのことについて彼は『もう大丈夫。口出しさせない』と言ったのだけど、それって和解したということなのだろうか。

私の質問に、豪さんは刹那口を噤んだ。けれどすぐに明るい声で話し出す。

「式は三人だけでいいよ。ただ、すずが嫌じゃなければ披露宴《ひろうえん》をさせてほしいな。こっちの都合で申しわけないけれど、会社の関係者にすずと太陽を紹介したいから」

「そっか、そういうのもあるんだね。ちょっと緊張する……」

「大丈夫だよ、すずは普段通りにしてくれれば何も心配いらない」

「うん。その代わりマナーとかちゃんと教えてね。私、豪さんの顔に泥を塗るような奥さんになるのは嫌だよ」

「ありがとう。すずは本当に優しいね……愛してるよ」

いつものように隙あらば愛を告げる豪さんに「はいはい」と照れ笑いしつつ、私は心の中で思う。両親のことから話を逸らしたな、と。

両親の出席を尋ねたのに、彼はさりげなく話題を会社関係者にすり替えた。そのことに胸が微かにざわつく。

豪さんは自分の過去や家族についてあまり話したがらない。自分から口にしないだけでなく、私から尋ねたときも言葉を濁し表情が曇るのが気になっていた。

「……豪さん」

けれど、私たちは家族になるのだ。言いにくいことでも隠し事はなしにしたいと思うのは、決してわがままじゃないはず。

「前から聞きたかったんだけど、豪さんのご両親って――」

そう聞きかけたとき、私の後ろで眠っていた太陽が「ママ?」と目を覚ました。

「ママ……おはなししないで。たぁくんとねんねして……」

少し寝ぼけているのか、太陽はふにゃふにゃと悲しそうに訴える。

「ごめん、太陽が起きちゃった。話はまた今度ね」

「ああ、うん。じゃあ、おやすみ」

慌てて通話を切り、布団へ戻って太陽の隣へ潜り込む。

「ごめんね、太陽。ねんねしようね」と小さな背中をポンポンと叩けば、太陽は安心したようにすぐ眠ってしまった。

話の続きは気になったけれど、電話で済ませず顔を見て聞いたほうがいいことのような気がする。

「次に会ったときに聞きなおそうっと」

そう考えて、私は太陽を抱きしめながら瞼《まぶた》を閉じた。


豪さんが島へやって来たのは、年が明けて二週間ほど経ってから。

彼の仕事が多忙だったのと天候不良でヘリも船も出せなかったのが重なって、予定より間が空いてしまったのだ。結局ひと月近く会えなかったことになる。

豪さんは随分と寂しがっていたけど、私だって内心残念に思っていた。

考えてみれば彼と再会してから恋人らしい時間を一切過ごしていない。太陽と仲よくなってもらうことが第一で夢中になっていたけど、しばらく離れていたことで私は自分が豪さんを恋しく思っていることに気づかされた。

そんな私の想いを悟ったのか、それともいじらしい豪さんに同情したのかわからないけれど、彼と会う前日、典代さんが思ってもいなかったことを申し出てくれた。

『夕方まで太陽ちゃん預かっててあげるから、羽生田さんとデートしてきたら？　再会してからふたりきりでゆっくりしてないでしょう』

咄嗟に『でも』とためらったのは、私の中に焦りがあったからだ。太陽と豪さんを早く仲よくさせないと、と。

けど典代さんはそんな私の焦りまでわかっているように言った。

『羽生田さんに早くパパになってもらいたいのはわかるけど、その前にあなたたち夫婦になるんでしょう？　子供も大事だけど、パパとママの気持ちが疎《おろそ》かになってたら意味ないわよ。ちゃんとお互いの話を聞く時間を作ってらっしゃい』

そう言われて、ぐうの音《ね》も出なかった。まったくその通りだ。家族になるということは親子だけではなく夫婦になるということでもあるのに、そのことがすっかり頭から抜けていた。

『……ありがとうございます、典代さん。お言葉に甘えてそうさせてもらいます』

豪さんにはご両親のことなど、聞きたいことが色々ある。私たちはまだ圧倒的に会話が足りていない。

私は典代さんに感謝して、豪さんとふたりきりの時間を作ることにした。

そうして本日、私は四年ぶりに豪さんとデートする。時間は昼から夕方まで。夕方からはもちろん、太陽も交えて過ごすつもりだ。

今日は快晴で風も少ないので、豪さんはヘリでやって来た。発着場の空港から、彼の秘書が運転する車に乗ってうちの近くまで来るのがいつものパターンだ。車はいつの間にかマイカーを島へ持ち込んで、契約した駐車場に預けているらしい。

そうして間もなくお昼になる頃、待ち合わせ場所の玄関前の道路に一台の車が止まった。

「あれ？　豪さんだ」

運転席にいる彼を見て、私は目をしばたたかせる。いつもの社用車ではなくＳＵＶだし、ドライバーの秘書の人もいない。

「すず！」

運転席から降りてくると、豪さんは私に抱きつこうとしてハッとし、手を握るだけにとどめた。

「会いたかったよ。ああ、今年初めてのすずだ。嬉しいな……」

相変わらずうっとりと恋慕の色を浮かべる彼に、私はクスクスと目を細める。

「あけましておめでとう、豪さん。今年もよろしくね」

「うん。おめでとう、すず。愛してるよ」

今日の彼はスーツではなく、黒のチェスターコートに白のニット、グレーのテーパードパンツという私服姿だ。柔らかな印象のその姿に、なんだか四年前の日々を思い出す。

「可愛いね、すず。いつも可愛いけど今日は一段と可愛いよ。なんだか四年前を思い出す」

私は白のショートダッフルコートにキャメルのロングスカートとショートブーツを合わせた。太陽が産まれてからは、抱っこしたり遊び相手をしたりすることが多いからパンツとスニーカースタイルばかりだった。スカートもショートブーツも久しぶり。四年ぶりに見る私のおめかし姿に、豪さんも同じことを思ったようだ。お互い昔を思い出して自然と笑みが浮かぶ。

「さ、乗って」と促《うなが》されて私は豪さんの車の助手席へと乗り込んだ。まだ買ってからあまり経っていないのか、新しい車の匂いがする。

「豪さんってアウトドア好きなの？」

エンジンをかけ車を切り返す豪さんにそう尋ねると、彼からは「いや、なんで？」と意外そうな答えが返ってきた。

「だって前の車もミニバンだったから。キャンプとか釣りとか好きなのかと思ってた」

ミニバンもSUVもてっきり趣味のために選んだのかと思いきや、豪さんの口からは予想外の言葉が飛び出す。

「アウトドアじゃなくファミリーカーを選んだつもり。四年前はすずと早く結婚して家庭を作りたいなって気持ちが先走っちゃって。でも今は間違ってないだろう？　これでいつでもすずと太陽をレジャーに連れていってあげられるよ。もしお気に召さないなら違うのに買い替えるけど」

「いやいやいや買い替えなくていいから！」

どうやらミニバンやSUVは豪さんの夢の具現化だったらしい。まだ恋人同士だった頃に気持ちをかなり先走らせていたことにも驚愕だし、私と再会してから意気揚々《いきようよう》とこの車を買ったことにも驚く。この人、私のことになると歯止めが利かないなと、改めて実感した。

車は海岸沿いを走りながら東へ向かう。毎日見ているけれど、海が繰り返し白波を寄せる景色は飽きない。

そうして着いたのは自然公園。動物園や資料館と一体になっていて遊歩道からは海も見える。椿園もあるのだけれど、残念ながら開花にはまだ少し早い。

「来月ならちょうど椿が見ごろだったんだけどね」

「じゃあ来月も来るよ。今度は太陽も一緒に来よう。太陽はここに来たことあるの？」

「うん、動物園のほうにね。大きい亀さん見て驚いてたよ」

「そうなんだ。可愛いなあ。うん、絶対太陽とも来よう。向こうのキャンプ場でバーベキューするのもいいね」

ふたりでのんびりと遊歩道を歩きながら会話を交わす。太陽の話題が多かったけれど、豪さんはそれをすごく楽しそうに聞いていた。

海が臨める場所まで来ると、少し風が感じられた。豪さんが「寒くない？」と私を抱き寄せる。

懐かしく感じる恋人同士の距離。甘えるように彼の腕に凭《もた》れ掛かれば、つむじに優しいキスが落とされた。

「すず、愛してるよ。……この四年間、本当に長かった。すずにまた会うことだけを考えてがむしゃらに頑張ってきたんだ。こうしてまた俺の腕の中にすずがいて……本当に嬉しい」

豪さんの声は私への愛しさに満ちている。彼の愛はもう疑いようもない。

……だからこそ、彼のことがすべて知りたかった。

「ねえ、豪さん。今日は豪さんに聞きたいことがあるの」

姿勢を立て直し顔を見て言った私に、彼は目を逸らすこともなく口もとに浅く弧を描いて頷く。

「……そうだね。俺はもっときみと話さなくちゃいけない」

そうして口を開いた彼の瞳は、海を越えた遠くを見つめていた。


豪さんはほずみフーズグループ社長の孫娘である母親と、とある総合商社社長の三男である父親との間に生まれた。ご両親はいわゆる政略結婚で、お義父様のほうが婿養子に入ったそうだ。

彼が五歳の頃までは家族は仲睦まじかったけれど、彼のひいお祖父様が急逝《きゅうせい》しお義母様がほずみフーズグループの取締役の座に就くと状況は一変してしまった。

お義母様は多忙で家庭を顧《かえり》みることができなくなっただけでなく、豪さんに対して支配的になってきたという。忙しく息子に手をかけられない不安の裏返しだったのかもしれない。

付き合う友人すら選べず学校で孤立気味になり、家庭でも寂しい思いをしていた豪さんは、やがてお義母様に反抗的な態度を取るようになっていった。そして家に帰りたがらなくなり、あとはお約束のように悪い友人とつるむようになってしまったそうだ。

いわゆる「不良」だと、豪さんは中学高校の頃の自分を振り返って言った。大人になってから謝罪にいったが、当時はたくさんの人に迷惑と心配をかけたと恥じるように語った。

そんな息子を見かねて、お義父様はお義母様と離婚し豪さんを引き取ったのだという。母親への反発から荒れていた豪さんはお義母様と引き離されたことで徐々に落ち着き、高校三年生になる頃にはかつての真面目《まじめ》さと学力を取り戻して進学校へ編入するまでになった。

そして大学生になりすっかり落ち着いた豪さんは過去の自分を恥じ、心から反省した。母親の支配も愛情ゆえのことだったと思えるようになり、親子は和解した……ように思えた。

家族間での話し合いでお義母様は豪さんに会社を継いでほしいと願い、彼もそれを受け入れた。大学では経営学専攻だったこともあり、取締役に就くための知識の習得はさほど難しくはなかった。そうして豪さんは大学を卒業し、ほずみフーズグループに入社したわけだけど……。

「母の支配が愛情だなんて思ってた俺が馬鹿だったよ。母はただ、俺を自分の思うように動かしたいだけなんだ。俺の気持ちや幸せなんて関係ない。……俺はもう、あの人を母とさえ思いたくない」

そう語る豪さんの横顔は、私が今まで一度も見たことのないものだった。怒りの中に深い悲しみを宿した眼差しは、見ている私まで胸が痛くなる。

彼と母親との間に再び亀裂《きれつ》を入れてしまったのは、私との結婚話だ。お義母様は豪さんに政略結婚を勧めていたのだけれど、彼はそれをずっと断ってきていた。子供の頃に愛情に飢えた経験から、本当に愛する女性と温かい家庭を築きたいという思いが根づいていたからだ。

真逆の結婚観を持つ母子の意見が相容《あいい》れようはずもなく、お義母様は激怒した。

……豪さんは言葉を濁したけれど、私が大企業の御曹司に相応《ふさわ》しくない一般人で、しかも天涯孤独の施設育ちだからお義母様は余計憤慨したのだと思う。

私を過剰なほど愛している豪さんがそれに強く反発したのは言うまでもない。そしてその結果が……海外での軟禁である。

他に日本に戻る手段のない豪さんは母親の望む通り業績を上げて、私のもとへ戻ってきた。けれど、もちろんそれでハッピーエンドなわけがない。

「じゃあやっぱり、お義母様は結婚に反対してるんだよね……？」

そんな予感はしていた。彼は以前、もう母親に口出しさせないとは言ったけど、母親も納得しているとは言わなかったのだから。

私の質問に、豪さんはこちらを向かず海を見つめたまま答えた。

「母の意思は関係ない。俺の人生は俺が決める」

低く、抑揚《よくよう》のない声だった。よく知ったはずの彼がまるで知らない人みたいに思えてドキリとしたとき、豪さんはこちらを振り返って柔らかに微笑んだ。

「母には取締役の座から降りてもらうつもりだ。他の役員や株主とも話はついてる。もう好き勝手はさせない。ほずみフーズからは一切手を引いてもらって、どこか海外にでも隠居してもらうつもりさ。だから安心して、すず。俺たちの結婚を邪魔する人はいないよ」

「……それって……」

冬の日差しに綺麗な顔を綻ばせる豪さんを、私は初めて怖いと思った。過剰な愛情表現もストーカーじみた執着愛も怖いとは一度も思ったことがなかったのに。母親を自分の目の届くところから排除しようと周到《しゅうとう》に画策《かくさく》し、一切のためらいがない笑顔で告げる豪さんが、私は怖い。

「……お義母様を説得できないのかな。私、お義母様と話してみるよ。だってそんな、家族の縁を切るような真似悲しいよ……」

豪さんは私と新しい家族を作ろうとしているのに、そのためにかつての家族を捨てるなんておかしい。

「すずは優しいね」

いつもの愛に満ちた声音で豪さんは言う。そして私の片手を取り手のひらにキスをすると、言葉を続けた。

「すずのそういうところ、大好きだよ。けど世の中にはどれだけ心を尽くしてもわかり合えない人がいるんだ。疲れるよ、そういう人と向き合い続けるのは。疲れて、心がすり減って、自分の人生がボロボロになっていく。俺はすずにそんな思い絶対にさせたくない。だから俺に任せて。すずと太陽は俺が守るから」

私はもう何も答えられなかった。豪さんが抱えてきた傷を癒《い》やしてあげることはできても、その痛みは豪さんにしかわからない。痛みを知らない私に「あなたは間違っている」と軽々しく説く資格なんかあるのだろうか。

「父は俺たちの結婚を了承してるから、安心して。式を挙げる前に紹介するよ。その前に俺が太陽に『パパ』って呼んでもらうのが先だけど」

眉尻を下げて笑う豪さんは、いつもの豪さんだ。私もつられて口角を上げるけれど、うまく笑顔が作れない。

「ごめんな、こんなところで長話しちゃって。冷えちゃったね」

そう言って彼はすっかり冷たくなった私の頬を手で包み、そっと顔を寄せてキスをした。寒風の中で、触れ合った唇だけがぬくもりを感じる。

四年ぶりのキスで私の胸は甘く高鳴るのに、その奥で何かが燻《くすぶ》っていて苦い。

豪さんは唇を離すと私の瞳を奥まで覗き込むようにジッと見つめ、それからギュッと目を細めた。

「やっぱり俺にはすずしかいない。愛してるよ」

その日は結婚式の具体的な話や、結婚後の住居の話などを少しした。

式は私たちと太陽だけなので、ふたりの休みさえ調整すれば特に問題はなかった。場所は国内でも海外でも私の好きな場所を選んでいいと言ってくれたので、しばらく悩むことにする。

披露宴は関係者を大勢招くので、都内のホテルになりそうだ。出席者の選別や招待状、引き出物など、こちらは豪さんが……というか会社が主導して担ってくれる。会社関係者へのお披露目が目的なので、式の進行もお任せになりそうだ。

「今度ショップへドレスを見にいこう」

豪さんの知人が経営するドレスショップが銀座《ぎんざ》にあるというので、式場が決まる頃に一緒に行こうということになった。久々に本州へ戻ると私が言うと、ならば太陽も連れて遊びにいこうという話になった。太陽は島を出るのは初めてだ。船でもヘリでもきっと大喜びするだろう。

結婚式と披露宴の話はすんなり進みそうだけど、問題は住居だった。迷ったところで私が本州に戻るしか選択肢がないような気もするのだけれど、一度は島で生きると決めたのだ。簡単にここを離れたくはない。

「最近はリモート会議も日常だし、島で業務ができるよう役員たちと相談してみるよ」と豪さんは言ってくれたけど……この件に関してはまだしばらく悩むことになりそう。

散歩をして、カフェで話をしているうちにあっという間に夕方になった。

車に乗り込むまで豪さんは何度も私にキスをし、それから家まで送っていってくれた。

「ママ！　だっこ！」

家の玄関に繋がる門扉《もんぴ》は旅館の裏手側にある。車から降り門を開けると、音を聞きつけたのか、太陽が玄関から飛び出してきた。

「ただいま、太陽！　お留守番どうもありがとう」

すぐさま抱き上げると、太陽は私の胸にグリグリと頭を押し当てて甘える。……寂しくさせちゃってたかな。

「たぁくんね、たぁくん……おしゃえしたの」

「ん？」

よく見ると太陽はお魚のリュックを背負っていた。このリュックが大大大好きな太陽にとって、これを背負うのは最高のお洒落……らしい。お正月など人がいっぱい集まるときや、写真を撮るときなどに背負いたがる。でもどうして今日は背負っているんだろう？

すると太陽を追いかけて典代さんも玄関から出てきた。

「おかえりなさい、すずちゃん」

「ただいま。今日はどうもありがとうございました」

そして潜めた声で「羽生田さんは？」と尋ねる。私は太陽に気づかれないよう視線だけで、前の道路に停めてある車を示した。豪さんは運転席からこちらを見て、私がゴーサインを出すのをソワソワと待っている。いきなり姿を見せて太陽が泣かないようにという配慮だ。

するとと典代さんは私の腕から太陽を下ろし、「太陽ちゃん、ほら」と声をかける。

太陽はしばらくモジモジしていたけど、やがてリュックを下ろすと中を探って何かを取り出した。それは折り紙で作った魚だった。

「たぁくんつくったの。ママとー……パパにー、あげてもいい……」

青と水色のふたつの魚。歪《いびつ》だけど一生懸命折ったと思われるそれには、それぞれ「ママへ」「パパへ」と太陽の字で書いてある。

私は驚きと感激で目を輝かせて太陽を抱きしめた。

「嬉しい！　どうもありがとう太陽！　パパも絶対、絶対喜ぶよ！」

太陽がまた一歩歩み寄ってくれた。そのことが嬉しくて、思わず抱きしめる腕に力が籠もってしまう。そして少し考え、思いきって太陽に聞いてみた。

「太陽。パパに直接渡そうか？　きっと太陽の手からもらったらパパすごーく喜ぶよ」

「……や」

恥ずかしいのか、まだ直接会うのは嫌なのか、太陽は私の肩口に顔をうずめ小声で言う。無理強いはよくないなと思い、私は太陽を腕から放すと折り紙を大切に持って立ち上がった。

「じゃあママが代わりに渡してくるね」

私が門扉のほうへ歩いていくと、太陽は豪さんが車にいたことに気づいたようで、すぐさま典代さんの後ろに隠れる。そしてジッとこちらを見ていた。

「豪さん」

私が手招きをすると、豪さんは車から降りてきた。「太陽からだよ」と折り紙の魚をひとつ手渡すと、彼は目をまん丸くしたあと瞳を潤ませるほど感激していた。

「……子供ってすごいね、すず。一生で一番の感動をどんどん更新していく」

「よかったね。豪さん、太陽の中で少しずつパパになっていってるんだよ」

つられて私まで目頭が熱くなってくる。すると、何やら典代さんに促されていた太陽が一歩前に出て、こちらへ向かって叫ぶではないか。

「おととのユック、どうも、ありがとーごしゃいました！」

そして豪さんに見せるように、その場でポテポテと一回転してリュック姿を披露した。私も胸が熱くなったけど、豪さんは感激のあまり顔を両手で覆ってしまった。

「豪さん、よかったね」

「すず……太陽を産んでくれて本当にありがとう……。太陽をこんないい子に育ててくれて、どうもありがとう」

豪さんが感極まるのはきっと、太陽に受け入れてもらうのに時間がかかったからだけではないと思う。家族の愛に飢えた経験があるからこそ、息子からの愛情が心に沁みるんじゃないだろうか。

太陽は少し離れたところから、まっすぐにこちらを見ている。きっともうすぐ、この距離が縮まる予感がした。

五　海の向こうからやって来た

三月。

私と太陽はジェット船で本州までやって来て、浜松町の竹芝客船ターミナルに降り立った。

「わー、久しぶり。やっぱり本州は賑やかだな」

「ママ……ママ、だっこ」

私は四年ぶり、太陽は生まれて初めての本州だ。のどかな島の風景しか知らない太陽はオフィス街のビル群に唖然とし、絶え間ない車と人の流れに目を回しそうになっている。

「ママ、だっこ……」

「もう抱っこしてるよー」

埠頭公園を出てから太陽はずっとこんな調子だ。高いビルをキョロキョロと見上げながら私にギュウギュウしがみつき「だっこ」を繰り返している。私でさえ、のどかな景色に慣れてしまった今、久しぶりに見ると圧倒されそうなビル群だ。きっと太陽の幼い頭の中は情報処理でフル稼働中に違いない。知恵熱出さないといいけど。

「えーと、どこの駐車場だっけ」

スマートフォンの地図アプリを起動し場所を確かめていると、「すず！」と呼びかける声が聞こえた。振り返ると豪さんが手を振りながらこちらに歩いてくるのが見えた。

豪さんは私たちの前まで来ると軽く腰を屈め、太陽に向かって「こんにちは」と微笑む。太陽は私にしがみつきながらも、「こんにちは」と小さい声で返した。

嬉しそうに目尻を下げた豪さんは腰を伸ばし、今度は私に向かって笑いかける。

「船旅お疲れ様。太陽はどうだった？　船酔いしなかった？」

「うん、全然平気みたいで助かったよ。その代わり大興奮で宥めるの大変だったけど」

「そっか。太陽はお船が大好きだもんな。嬉しくて仕方なかったんだろうね」

会話をしながら私たちは豪さんの案内で近くの駐車場まで歩いた。先週島から移動させておいた、例の〝豪さんの夢の具現化〟であるSUVへ三人で乗り込む。後部座席には真新しいチャイルドシートが備えつけられていた。

「さあ、それじゃあ出発しようか」

車が動き出すと同時にカーステレオからは太陽の好きなアニメの曲が流れ出す。太陽は初めて乗る豪さんの車に緊張した様子で、隣の私の腕をギュッと握り、窓から見えるビル群にまだ釘付けになっていた。

今日は銀座へ結婚式と披露宴のドレスを見にいく。久々の本州、太陽も連れてプチ行楽も兼ねてどこか行こうと提案してくれたのは豪さんだ。

彼はヘリで私たちを迎えにくると言ってくれたけど、船が大好きな太陽の強い希望でジェット船で移動することにした。そうして初めての乗船に興奮する太陽を宥めること二時間と少し、無事に着いた私たちは今度は車で迎えにきてくれた豪さんと一緒にドレスショップへ向かうのだった。

一月に典代さんのはからいで豪さんとの距離を縮めた太陽は、あれからも少しずつ彼に歩み寄っていった。私が抱っこしていれば豪さんと少し言葉を交わせるようになり、こうして一緒に車に乗れるようにもなっている。

まだ直接『パパ』とは呼んでもらえないし、ふたりきりになるのは無理だけど、それでも初対面の頃を考えればすごい進展だ。きっと結婚式まではもっと父子らしくなるんじゃないかなと、希望が湧く。

結婚式は秋に島で行なうことにした。色々悩んだのだけど、やっぱり私は海と山に囲まれたこの島が好きだ。永遠の愛を誓うなら、第二の人生を歩むと決めたこの場所がいい。

それに、豪さんは挙式は私たちと太陽だけでいいと言ったけど……私は典代さんや佳代さん、紗代さんたちを招待したかった。お世話になったなんて言葉じゃ言い表せないくらい、人生を助けてくれた人たちだ。新たな門出《かどで》ともいえるこの日に立ち会ってもらえたらどんなに嬉しいだろう。

そう話すと豪さんは喜んで賛成してくれた。『とてもすずらしいね』と。

けど島には結婚式場はもちろん、結婚式のできる教会やチャペルもない。どうしたものかと悩んでいたら、佳代さんの伝手《つて》でホテルのガーデンを借りられることになった。海の見えるガーデンウエディングだ。さらには紗代さんの知り合いの牧師さんが出張してくれて、式を執り行なってくれるという。本当に九十九家の人たちには感謝してもしきれない。

そうして式の日時と場所が無事に決まり、今日はいよいよ結婚準備の一番のお楽しみ、ドレスを選ぶのだ。

車を走らせること三十分。銀座に着いた私たちはドレスショップへ行く前に昼食をとることにした。早くドレスを見たいと気持ちが逸《はや》るけど、まずは太陽のお腹を満たしてあげなくっちゃ。

銀座のレストランなんて高級で敷居が高いのではないかと緊張したけど、豪さんが予約してくれていたのは、子連れ歓迎を謳《うた》っているアットホームな創作料理のお店だった。

ビルの一階に入っているそこはカジュアルな店構えながら洗練されていて、ナチュラルモダンな雰囲気で統一されていた。パーテーションで区切られた半個室はスペースがゆったりしていてテーブルも大きく、子供用のハイチェアも用意されている。

「たぁくん、カタカナよめるよ。これはー……プ……プー、トってかいてある！」

『ISOLA』以外のレストランで食事をするのが初めての太陽は興奮気味だ。子供用の可愛らしいイラストのついたメニューを捲り、目を輝かせて一ページずつ読んでいく。

「これは……か……カレーかも。これは、うどんってかいてある」

「カタカナもひらがなも読めるなんて、太陽はすごいな！」

豪さんが大げさに褒めてくれると、太陽は得意げに眉を持ち上げて笑った。その顔がなんとも愛らしくて、私と豪さんまでニコニコしてしまう。

レストランの料理はどれもおいしそうなだけでなく、安心安全な素材にこだわっていて子連れにはありがたい。

太陽は好き嫌いはあまりないけれど、慣れないものを食べて口に合わなかったら困るので、無難なキッズプレートを選んだ。

料理を待っている間も太陽はご機嫌だったけど、豪さんはさらに上機嫌に見えた。考えてみたら三人できちんとテーブルを囲むのは初めてだ。島でのほずみ先生のロケでお鍋のご相伴にあずかったことはあるけど、あれは食卓を囲んだとは言い難い。

「ママ、これなあに？」

「これは紙ナプキンだよ。お手手やお口が汚れたらこれで拭くの」

「ママ、あれなあに？」

「あれは絵が飾ってあるんだよ」

「だれかいたの？」

「え……誰だろう？　海外の絵描きさん……かな」

「こども？」

「う、うーん？　子供じゃないと思うよ、多分」

ご機嫌なせいかいつもより饒舌《じょうぜつ》な太陽は、のべつ幕なしに質問してくる。けれどあまりの質問攻めに私がタジタジになっていると、豪さんがクスクス笑いながら代わりに答えてくれた。

「あれは海外の絵本の複製画だよ。アーサーさんっていう、おじさんが描いたんだ。太陽も見たことあるんじゃないかな、『リスのころん』っていう絵本を描いた人だよ」

「たぁくん、ころんしってる！　あれ、ころん？」

「あれはころんじゃないよ、クマだね。アーサーおじさんは動物を描くのが好きなんだよ」

「そっかー」

豪さんの答えに太陽の好奇心は満たされたようだった。私はホッとすると共に、絵本作家にまで詳しい彼の博識に驚く。

「豪さん物知りだね、尊敬しちゃう」

すると彼はくすぐったそうに眉尻を下げて笑った。

「偶々だよ。太陽に絵本をプレゼントしたいなって思って色々眺めているうちに、少し詳しくなっただけさ。偶々知ってたことを答えられた俺より、太陽の質問に逐一答えてあげられるすずのほうが、ずっとすごいよ。それも毎日。俺の方こそ尊敬する」

その言葉に、胸がジンと熱くなる。私は恵まれた環境で太陽を育てているけど、それでも育児って大変だ。太陽のことは大好きだし、何をしていても可愛いと思うけど、さっきみたいな質問攻めに疲れてしまうときだって正直ある。それでも子供を優先して頑張ったところで、誰かに褒められるわけじゃない。……育児は誰かに褒めてもらうためじゃないことは、もちろんわかっているけど。

だから豪さんの言葉はとても嬉しかった。些細なことだけど、太陽とちゃんと向き合い続けているのを褒められたみたいで。

私の伴侶になる人が豪さんでよかったと思う。私の頑張りを認めて褒めてくれる人と結婚できるなんて、きっととても幸せなことだ。

私まですっかりご機嫌になってニコニコしていると、お待ちかねの料理が運ばれてきた。太陽のキッズプレートのオムライスにはケチャップでクマが描いてあって、それを見てさらに三人で笑顔になってしまう。

「ママ、おれんじじゅーしゅのんでいい？」

「ジュースはご飯食べてからにしよっか」

「はーい」

「太陽はオレンジジュースが好きなのか。ママと一緒だね」

初めて三人で囲むテーブルはとても和やかで笑顔がいっぱいで、私は家族と食べるご飯のおいしさを改めて思い知ったのだった。

食事を終えたあとは十分ほど車で移動し、豪さんの知り合いが経営しているというドレスショップへ到着した。

レンガ壁の趣《おもむき》のあるそこはショーウィンドウにも華やかなウエディングドレスが飾られていて、それだけでもテンションが上がる。中に入ると広々とした白く上品な空間にたくさんのウエディングドレスとカラードレスが下げられていた。

「すごーい、どれも綺麗」

「うん。どれもすずに似合いそうだね。いっそ全部着てほしいくらいだ」

目を輝かせている私に、豪さんも嬉しそうに微笑む。太陽は私に抱っこされたまま店内をキョロキョロと見回していた。事前に結婚式やドレスのことは説明しておいたけど、果たしてどこまで理解していたかはわからない。いつも私のパンツスタイルしか見ていない太陽は、ここにずらりと並ぶフワフワが服だということもピンときていないかもしれない。

「いらっしゃいませ、羽生田様。お待ちしておりました」

出迎えてくれたのは端正なルックスの中年男性と、優しそうなアラサーくらいの女性だ。ショップオーナーと店長だそうな。豪さんの知人というのはショップオーナーのほうらしい、親子くらい年が離れていそうだけど会社絡みの知り合いなのかな？オーナーと店長は私に丁寧に自己紹介してくれた。あらかじめ話をしてあったのだろう、子連れでも驚かれることはなく、それどころか店長さんは太陽に優しく話しかけてくれた。

「こんにちは。可愛いね。僕いくつ？」

初対面の大人には慣れっこの太陽は、意気揚々と手を突き出して「しゃんしゃい！」と答える。突き出した手は上手に三本指が立てられず四になっていたけど。

「よろしければスタッフがお坊ちゃんを見ていますので、ゆっくりドレスをお選びください」

店長さんの申し出はとてもありがたかった。正直なところ、太陽の機嫌次第では今日は試着までするのは無理かなと覚悟していたのだから。

太陽はスタッフの綺麗なお姉さんに連れられ、サロンスペースでお絵描きを始めた。こういうとき人見知りしないのは本当に助かる。

おかげで私は豪さんと一緒に店内に飾られているドレスやカタログを見るだけでなく、試着までさせてもらえたのだから。

「どうかな、これ」

パフスリーブでプリンセスラインのドレスを着て試着室から出てきた私を見て、豪さんが目を見開いたあと頬を染め瞳に恋慕の色を浮かべる。

「……すごく似合うよ。世界一綺麗だ。……夢みたいだ、こんなお姫様みたいなすずと結婚式を挙げられるなんて……」

いつものことではあるけれど、さすがに人前で手放しの称賛は恥ずかしい。けれどそこはプロ、試着の手伝いをしてくれた店長さんはニコニコしながら「本当にお姫様みたいにお美しいですよね」と豪さんに合わせてくれた。……なんだか余計に恥ずかしいな。

気を利かせたスタッフさんが太陽を連れてきてくれて、私のドレス姿に太陽は目をこれでもかというほどまん丸くしている。

「ママ、おしゃれ……？」

「そうだよ、うんとお洒落したの。どうかな、似合う？」

太陽は無言でコクコク頷くと両手で自分の顔をペチッと覆って、照れたように笑った。

「かわいー……ママ、かわいーねぇ……」

私のドレス姿を見て頬を染めモジモジと褒めてくれる太陽に、その場にいた大人たちの目尻が下がった。可愛いのは太陽のほうだよ、もう！

「ありがとう、太陽」

お礼を言って頭を撫でると、太陽はキャッと高い声を上げてますます顔を隠してしまった。その反応が愛らしくてさらに目尻が下がるけど、私は内心（やっぱり父子だなあ）と、隣で私のドレス姿に溶けるような笑みを浮かべている豪さんを見つめて思った。

選び始めたときは目移りしてどれがいいか迷っていたけど、太陽がこんなに褒めてくれたのだからと試着したプリンセスタイプのものに決めた。

披露宴のほうは店長さんと豪さんの意見も聞きながら、エンパイアタイプのウエディングドレスとAラインタイプのカラードレスにした。

エンパイアタイプはノースリーブだけど全体的にシンプルで落ち着いたデザイン。髪は下ろすよりアップスタイルが合いそう。カラードレスは私の好きなレモンイエロー。子供っぽくなりすぎないように、デザインはクラシカルなものにした。

スムーズに三着とも決めることができてよかった、これも店長さんやスタッフの方のおかげだ。

太陽をあまり長く待たせるわけにもいかないので、今日はここまでにする。アクセサリーや小物は後日選ぶことにした。

「太陽はママのお着替えの間お利口に待っていられて、とっても偉いな。ご褒美にパパがいいところへ連れていってあげるよ」

そう言って豪さんが連れてきてくれたのは、ビルの地下から四階まで全部おもちゃ屋さんという、子供にとって夢のような場所だ。太陽はこんなに大きくて賑やかなお店も、ましてやおもちゃ屋さんも初めてなので、目を回しそうなくらい興奮している。

「たぁくん、しってる！　あれ……ボール、あおいのたぁくんもってる！　きいろとーあかはー……」

ドレスの試着のとき以外、私から離れたがらなかったのに、太陽は目をキラキラさせて抱っこから抜け出すと、興味のあるおもちゃへまっしぐらに向かっていった。

大人気のキャラクターものから定番のミニカーや積み木、さらにはさわって遊べるコーナーもあって、太陽はこちらを振り返ることなくあちこちへ走っていく。こんなの初めて。恐るべしおもちゃの魔力。

「ひとつ太陽に買ってあげていいかな？　初めて本州に来た記念に」

夢中になってレールトイで遊んでいる太陽を見つめながら、豪さんがそっと私に尋ねる。

「うん。どうもありがとう」

そろそろ時間も遅くなってきたので太陽に一個だけ欲しいおもちゃを選ばせると、とても迷った挙句、大きな船のおもちゃを抱えてきた。シンプルなデザインのそれは見た目より軽く、水に浮くらしい。

よほど気に入ったようで、太陽はレジに行くまで自分で抱え、会計を終えると豪さんに「どうも、ありがとうごじゃいます！」と大きな声で言えたほどだった。

「太陽が喜んでくれて、パパも嬉しいな」

豪さんはそう言って太陽に手を伸ばす。太陽は逃げ出すこともなく船のおもちゃを抱えたまま、素直に豪さんに抱っこされた。

初めて豪さんに抱っこされた太陽を見て、私の胸が熱くなる。

買ってもらったばかりのおもちゃを抱えて嬉しそうな子供。それを愛し気に見つめる父親。ふたりが揃って私のほうを向き「ママ」と呼びかける。

十年前に失ってからずっと憧《あこが》れていた光景。私、自分の家族を……温かい家族を持つことができたんだという感動が、胸から湧き上がってくる。

（お父さん、お母さん。私にも家族ができたよ）

私は目尻に滲んだ涙をそっと拭い、ふたりのもとへ駆けていく。

「楽しかったね。また来ようね」と笑いかければ、ふたりも満面の笑みで揃って頷いた。


この日は浜松町にある豪さんのマンションに一泊した。お互い仕事があるので、明日の午後には帰る予定だ。

去年に越してきたばかりの豪さんのマンションには、当然私も初めて来る。タワーマンション最上階の４ＬＤＫはゆったりと広く、一室はなんと太陽のための子供部屋になっていた。

シングルベッドにミニデスク。魚柄のラグ。おもちゃはないけどぬいぐるみや海の絵が飾ってあって、なんとも可愛らしい部屋だ。

「いつでもすずと太陽が来てもいいようにと思って」

そう言って豪さんが見せてくれたもうひとつの部屋は、子供部屋と打って変わって洗練された黄色をメインにした明るいインテリアで統一されていた。

「ここはすずの部屋。好きに使ってくれていいから」

まさか私の個室まで用意されているとは思わず、びっくりする。

ベッドに棚にテーブル、クローゼットまで。ベッドはセミダブルだろうか、大きいなと思っていたら「太陽がママと一緒に寝たいって言っても大丈夫なように」と豪さんが説明してくれた。用意周到だ。

豪さんはそれから少し頬を染めて「俺の部屋のベッドはダブルだから。もし太陽がひとりで寝られるなら……すずは俺の部屋においで」と小声で耳打ちした。

ドキリと心臓が跳ね、私の頬も赤く染まる。……けど、多分無理だろうなと心の隅っこで思う。太陽はずっと私と一緒で、ひとりで寝たことがないのだ。ましてや見知らぬ場所の新しいベッドなんて無理に決まっている。

私は豪さんに期待を持たせすぎないよう、曖昧に微笑んで頷くだけにしておいた。

晩ご飯は豪さんが腕を振るってくれた。太陽の好物のお刺身はもちろん、特製のお子様ランチを作ってくれただけでなく、ほずみ先生レシピの簡単ポテトコロッケを太陽と一緒に作ったのだ。

今までの努力の甲斐と今日のことがあって、太陽はもうすっかり豪さんへの警戒を解いたように見える。しかも食後はふたりで一緒にお風呂に入ることにも成功したのだから驚きだ。買ってもらった船のおもちゃがあったとはいえ、お風呂場からは今までの抵抗が嘘のように太陽のはしゃぐ声が聞こえてきて私は目を丸くした。

そして……。

「わ、秒速。一瞬で寝ちゃった」

お風呂から出て歯磨きをしたあとも夢中で今日のことを喋っていた太陽だけど、ふと話が途切れたと思ったら、座っている私の脚の上で熟睡していた。

「子供って電池が切れるように寝るって言うけど、本当だね」

秒速の寝落ちを初めて目の当《ま》たり《あ》にした豪さんが、太陽を抱きかかえしげしげと見つめながら言う。

「いつもはここまでじゃないんだけどね。今日は初めての体験いっぱいだったから頭が冴えちゃってて、体力はとっくに限界だったんだと思う」

頭も体もうんと疲れていたのだろう。豪さんにベッドまで運ばれても太陽はまったく目を覚まさず、深い寝息を立てている。

「おやすみ、太陽」

枕元に船のおもちゃを置いて、部屋の電気を常夜灯にして部屋を出る。

さっきまでのべつ幕なしに喋っていた太陽が寝てしまうと、リビングがとても静かに感じられた。

「わ……私、お風呂入ってくるね」

「うん。ごゆっくり」

なんだか妙な緊張を抱いて、浴室へ向かう。私も豪さんも今日はすっかりママとパパだったから、突然ふたりきりになると意識してしまう。

けれどドキドキしていたのは私だけではなかったようで、お風呂から出てリビングに戻るなり後ろから豪さんに抱きすくめられてしまった。

「いい匂いだね、すず。ちゃんと温まった？」

「うん……」

豪さんは私の頬に手を添えるとゆっくりと振り向かせ、唇を重ねる。

太陽がいるから今夜は彼と床《とこ》を共にするのは無理かと思っていたけど……案外大丈夫だったりするのかもしれない。

「……ずっとすずを抱きたかった。すごく……」

後ろから抱きしめたまま、豪さんが耳に口づけて囁く。ゾクゾクと体が震えて、熱い吐息が口から零れた。頭も体も熱くなって、鼓動がうるさいほどに鳴り響く。

肌を重ねるのは四年ぶり、しかもまだ二回目だ。私にとってはほとんど初めてと変わらない。

けど、あの幸福なぬくもりを心はちゃんと覚えていた。豪さんの手が、唇が触れるたびに悦びが込み上げてくる。愛する人に求められひとつになる悦びが。

「豪さん……好き。愛してる」

「すず。もう二度と放さない。愛してる、俺のすず……」

この夜、私と豪さんは四年ぶりに愛を確かめ合った。

彼が消えてから私の中で欠けていた何かが、ようやく満たされた気がする。

もう二度と欠けたくないと願いを籠め握った大きな手は温かくて力強くて、彼も同じ思いだと感じられた。


翌日。私と太陽は午後の便で島へ帰った。

豪さんは客船ターミナルまで見送ってくれたのだけど、なんと太陽は彼と離れ難く涙目になっていた。丸一日一緒にいて楽しい時間を過ごしたことで、かなり情が湧いたみたい。これには豪さんも感激して、彼まで鼻を赤くしていた。

「すぐに会いにいくよ。今度は一緒にヘリに乗ろう。だからママの言うことをよく聞いて、いい子で待ってるんだよ」

買ってもらった船のおもちゃを抱きしめ泣くのをこらえている太陽の頭を、豪さんはそう言って撫でてお別れした。

島に帰ってからも太陽は本州でのできごとを夢中でみんなに話した。よっぽど楽しかったみたいだ。どこに行くにも船のおもちゃを抱きしめ、さらには豪さんと作った簡単ポテトコロッケを家でも作りたがった。そして毎日のように「パパ、いつくる？」「パパのおうちいついく？」と尋ねるようになった。

そんな太陽の姿に、九十九家のみんなや旅館の従業員さんたちは目を細める。

「よかったわねえ。太陽ちゃんすっかりパパが好きになったのね」

ある日の夜、仕事を終え典代さんのもとに太陽を迎えにいったときのこと。部屋で、人形を船に乗せて遊んでいた太陽を見つめながら典代さんはしみじみと言った。

「最初はどうなることかと思ったけど、本当によかったです」

これならばもう一緒に暮らしても大丈夫かなと思える。それに、一日一緒にいたことで情が強くなったのは太陽だけじゃない。私だって彼と四年ぶりに肌を重ねたことで、あの頃の想いが甦ってきた。できることなら毎日だって一緒にいたい。

早く豪さんと一緒に暮らせるようになりたい――。そう願う一方で、少しだけ気がかりなことも芽生えた。

「早くパパと暮らせるようになるといいわねぇ」

そう語って太陽を優しく見つめる典代さんの瞳が、少しだけ寂しそうに見えるのは気のせいではないと思う。

豪さんと共に暮らすということは、私と太陽はここを出ていくということだ。まだ本州で暮らすか島で暮らすかは決めていないけれど、『島昊』での住み込みではなくなる。ましてや本州で暮らすことになったら、今まで太陽の面倒を見てくれていた典代さんとはお別れになるのだ。

もしそうなったとき、典代さんの落胆が心配だった。紗代さんも佳代さんも、仕事から一線を退いた典代さんの急激な衰えを懸念していたけど、太陽の面倒を見てもらうことになってから却って若返ったと言っていた。もし今、彼女からその役割がなくなってしまったらどうなるのだろう。

私が一番困っていたときに手を差し伸べ救ってくれた典代さん。いくら父母と子が一緒に暮らすのがベストとはいえ、典代さんに冷たく背を向けるようなことはできない。

どうしたらいいんだろうと、密かに悩む。きっと紗代さんや佳代さんに相談しても、「そんなことは気にせず、自分と太陽ちゃんの幸せを考えなさい」と逆に励まされてしまうだろう。

パパの話を夢中でする太陽に笑顔で相槌を打つ典代さんを眺めながら、複雑な後ろめたさに胸がキュッと締めつけられた。

本州から帰って二週間が経ったある日のこと。

『ISOLA』のランチタイムが終わり、後片付けに勤《いそ》しんでいる私と紗代さんのもとに克典さんがバタバタと駆け込んできた。

「あ、克典。ちょうどいいところに。町のほう行くならついでに銀行寄ってきてくれない？」

呑気にそう言った紗代さんに「それどころじゃないって！」と返しながら、克典さんは厨房で洗い物をしていた私に向かってスマートフォンの画面を見せる。映っていたのはネットニュースの見出しだ。

顔を近づけ画面を覗き込んだ私は、文字を追っていって言葉を失くす。そこには隠し撮りらしき豪さんの写真に『大人気お料理タレントほずみ先生に隠し子発覚・ほずみ食品御曹司は未婚の父⁉』という文字が躍っていた。

「な……えっ⁉　何これ⁉」

克典さんの手からスマートフォンを奪い取り、ニュース記事のリンクをタップする。元記事はゴシップ週刊誌のようだ。全文が露《あら》わになった記事を読んで、私は衝撃のあまりポカンとしてしまった。

なんとこの間の私たち三人のお出かけを、週刊誌の記者に目撃・撮影されていたようだ。しかも謎の関係者から証言を取り、太陽が豪さんの子供であることまで追究してある。掲載されていた写真の中には、豪さんと並んで歩いている私と、彼に抱っこされている太陽のものまであった。一応目は隠してあるものの、輪郭も鼻も口も出ているのであまり意味はなさそうだ。

「週刊誌にスクープされちゃった……」

呆然と呟くと、紗代さんも記事を読み「あらまー、やられちゃったわね」と零す。

「羽生田さんがほずみ先生なのも、ほずみフーズの副社長なのも聞いていたけど、こうして見ると改めて有名人だったんだって驚くわね」

それに関してはまったく同意見だ。ほずみ先生の活動は動画がメインでテレビには滅多に露出しない。いくら人気とはいえ芸能人とは違うと思っていたのだけど……記事についているコメントを見ると、自分の認識が甘かったことを実感した。

「『信じられない、もうファンやめます』『ほずみ先生の言葉でちゃんと説明して！』『子供向けレシピは匂わせだったってコト？　サイテー』……コメント欄、荒れてるわね。なんでこんなことになってるの？」

「ほずみ先生イケメンだから、わりとガチ恋ファンがついてたんだよ。いきなり未婚の父ってのは衝撃でかいよな」

「ガチ恋ファンって何？」

「マジで恋してるファンのこと。アイドルなんかには多いんだけどな」

頭を抱えている私の後ろで、紗代さんと克典さんがそんな会話を交わす。

「大丈夫かなあ。私、ファンに逆恨みされて刺されたりしないかな」

記事にされて晒されたことも不安だけど、万が一太陽が事件に巻き込まれることがあったらどうしようと恐ろしくなる。

紗代さんと克典さんはしばらく考え「さすがに海を越えてまで来る根性はないんじゃない？」「すずさんの住所もわからないだろうしな」と答えた。それもそうかと少し安心したとき、私のポケットでスマートフォンが電話の着信音を鳴らした。相手は……やっぱり豪さん。

「すず、ごめん！　大丈夫か？　記者とか変なファンとか押しかけてない？　すぐ行くから！」

彼も記事のことを知ったばかりなのだろう、血相を変えてそう告げる豪さんを、私は「まあまあ、待って」と宥める。

「こっちは大丈夫だよ。びっくりしたけどね。今紗代さんたちとも話してたんだけど、私の住所はバレてないし、さすがに島までは記者もファンも来ないんじゃないかな。豪さんも落ち着くまでは下手に動かないほうがいいよ。今は記者につけられてるかもしれないし」

少し落ち着きを取り戻した豪さんは電話の向こうで溜息をつき、「本当にごめん」と苦しそうに謝った。彼自身も、まさかタレントとしてスクープされるとは思っていなかったとのことだ。

というのも、豪さんにとってほずみ先生は私を捜すための手段でしかない。最近では目的も達成したことだし、動画の終了も考えていたぐらいだという。そんなほずみ先生がこんなスクープを呼び起こすとは、彼にとって青天の霹靂だったらしい。

「俺だけだったら別にどこで何を書かれようがいいんだ。けど、もしすずや太陽に嫌な思いをさせてしまったら……」

豪さんは私と太陽のことをものすごく心配していた。電話の向こうで青ざめた顔をしながら頭を抱えているだろう姿が浮かぶ。

「近いうち、ほずみ先生の新しい動画を公開するよ。そこでプライベートには関わらないよう注《ちゅう》意《い》喚《かん》起《き》して、そのまま引退するつもりだ」

「えっ。ほずみ先生、本当にやめちゃうの？」

いくら私たちのためとはいえ、やっぱり引退は少し寂しいなと思う。それに注意を促すだけであとはシャットアウトするような真似をしたら、却ってファンや世間の反感を買ってしまうのではないだろうか。

「豪さん、焦らないで。ほずみ先生は会社のPRでもあるんでしょう？　他の役員やスタッフの人とも相談して慎重になったほうがいいよ。とにかく、私たちは大丈夫だから。もし何かあったらすぐ連絡するし」

ひとまず豪さんを宥めて、この日は通話を終えた。最終的にどうするかを決めるのは豪さんだけど、なるべく穏便《おんびん》にことが済むといいなと願う。

――けれど。私は甘かったのだ。ガチ恋ストーカーの行動力がどれだけすごいか知っていたのに、まさか豪さん以外にそんな人物がいるとは思っていなかったのだから。


「……『今日のお料理も私のために作ってくれたんだよね。わかってるよ。動画に隠した豪くんからのメッセージ、ちゃんと受け取ったから。今は会えないけど、私たち心は繋がってるよ。愛してる』……す、すご……」

翌日。私は例の記事の騒動が気になって、あちこちのSNSを覗いていた。

色々な情報を追っていると、界隈でほずみ先生の有名な濃いファンがいることを知った。そしてその人物『リボンちゃん』のブログに辿りついたのだけど……。

ほずみフーズのホームページの会社概要からほずみ先生の本名を割り出した彼女は、豪さんと恋人同士だとブログで吹き散らしている。もちろんそんな事実はないので、すべて彼女の妄想だ。

ガチ恋を超えてヤバい香りがするそのブログに背が冷たくなる。さらに恐ろしいのが、昨日のスクープに彼女がなんの言及もしていないことだ。荒れるでもなく静かなのが、却って怖い。

「豪さん、私たちの心配ばっかりしてたけど、豪さんのほうこそ大丈夫なのかな……」

海の向こうの豪さんを心配して思いを馳せていると、小さな手が私の腕を掴んで揺さぶってきた。

「ママ！　シュマホおしまいして！　たぁくんのおふねみてて！」

「あ、ごめんね、太陽。ちゃんと見てるからね」

今日はシフト休み。せっかく太陽との時間を過ごしているのに、スクープのことが気になってついスマートフォンばかり見てしまっていた。可愛い頬を膨らませて怒る太陽の姿に、すかさず反省する。……だけど。

「おふねはあもなく、みなとへじょーりくしまーしゅ」

太陽はおもちゃの船にブロックや小さな人形を乗せて、部屋の中を行き来させる。

豪さんに船を買ってもらってからずっとこれが太陽のマイブームで、私はもう何十回この遊びに付き合わされたことか。今日もお買い物に出かけた以外はずーっとこれだ。

さすがにちょっとしんどい。

「太陽~、違うお遊びしない？　ほら、プンプンマンの体操とかさ」

「や。たぁくん、おふねがいい」

「じゃあお絵描きは？　クレヨン出してあげるよ」

「や」

「ん~じゃあ、お散歩行こ！　民宿のおじちゃんちの釣り舟見にいこう！」

「いく！」

もうすぐ夕方の五時、お散歩には少し遅い時間だけどやむを得ない。これ以上部屋に閉じこもっておもちゃの船を眺めていたら、気持ちがぐったりしてしまいそうだ。

せめて実物の船を見にいこうと太陽を誘い出す作戦は成功した。釣り船だけど。

私は太陽に上着を着せ自分もカーディガンを羽織ると、空がオレンジ色に染まりかけている表へ出た。お船ごっこからは解放されたものの、太陽は腕にしっかり船のおもちゃを抱えている。本当に大事なのだなあと、私は苦笑した。

春は空気が霞みがちだけど、今日は夕日が鮮やかに見える。私は思いきり伸びをしてから太陽と手を繋いで歩きだした。

「つりのおふね、うみにいるの？」

「どうだろう。この時間だともう帰ってきてるかも」

「おとと、つれたかな。タカベとーカシャゴとーイシャキとー」

「太陽はおととの名前いっぱい知っててすごいね。ママはなかなか覚えられないや」

「たぁくんがおしえてあげよっか」

そんな会話をしながらのんびりと海沿いの道を歩いているときだった。

やけに個性的な恰好の女の子が正面から歩いてきた。まるでアイドルの衣装のようなフリルのついたブラウスとミニスカート。底の厚いブーツにぬいぐるみのようなリュック、そして耳いっぱいのピアス。年は十代後半くらいだろうか、この辺りで見たことのない顔だ。観光客かと思い通り過ぎようとしたとき、ずっとスマートフォンを見ていたその子が突然パッと顔を上げこちらを見つめた。

もしかしてどこかへ向かう途中で迷ってしまったのかなと思い声をかけるか迷って

いると、その子は太陽とスマートフォンの画面を何度も見比べ、それから「いた！」と私を指さした。

「え、えぇ？」

彼女の不躾《ぶしつけ》な行為に戸惑ってしまったけど、すぐさま嫌な予感がして太陽を抱きかかえる。

「ほずみ先生の子供と『内縁の妻』ですよね？　その船のおもちゃ、週刊誌の写真に写ってたのと一緒だし」

予感的中。この子、豪さんのファンの子だ！

まさか本当に島まで来るなんてと、私は密かに慄《おのの》く。この驚くべき行動力……彼女が『リボンちゃん』だろうか。いったいどうやってここを突きとめたのか謎だけど、それより太陽に危害を加えられることが怖かった。太陽の体をギュッと抱きしめ、踵《きびす》を返して走り出せるよう構える。

「あの、聞きたいんですけど！　その子、本当にほずみ先生の子供なんですか？」

「だ、だったら何？」

警戒のあまり口調がついきつくなってしまったけど、彼女はまったく動じず私にグイグイ近づいてくる。

「知りたいんです！　ほずみ先生にダイレクトメールしても返してくれないし！　だったら内縁の妻の人に直接聞くしかないじゃないですか」

「内縁の妻じゃないんだけど……。っていうか、突然押しかけてきた人に話すことはないよ」

言葉を返しながら、私はジリジリと後ずさる。そして彼女がスマートフォンに視線を落とした一瞬の隙を突いて、私は身を翻すと太陽を抱いたまま一目散に駆け出した。

「ちょっと！　何逃げてるんですか⁉」

「助けてー！　誰かー！」

逃げた私を、女の子は追ってくる。あの子厚底ブーツなのに脚速い！

家に向かって走りながら助けを求めていると、ちょうど道路に停めた軽トラから旅館にビールケースを運んでいる克典さんがこちらに気づいた。

「え⁉　なんだ⁉　誰だ⁉」

克典さんは驚きながらもこちらに向かって駆けてきて、私たちと彼女の間に立ち塞がった。

「ちょっと待て！　あんたなんなんだ、変なことしてっと警察呼ぶぞ！」

突然男の人が出てきたことに驚いたのか、それとも警察という言葉に怯んだのか、女の子は足を止めてその場に立ち竦んだ。

「なんで警察なんて言うの⁉　あたしはその内縁の妻の人に聞きたいことがあるだけなのに！　高いお金出してこんな遠くまで来たのにひどーい！」

そう言うと、女の子はみるみる涙目になってしまった。……確かに、ただ質問されただけで逃げてしまったのは少し悪かったかも？　けど島までわざわざ来た豪さんのファンだと思うとやっぱり怖い。私はいつでも逃げられるように旅館の敷地に足を半分踏み入れながら、彼女に尋ねた。

「この子がほずみ先生の子供かどうかって質問だったけど、それを聞いてどうするつもりなの？」

「そんなのわかんないし。ほずみ先生の子じゃなかったら嬉しいし、ほずみ先生の子だったら悲しいじゃん。ただあたしは本当のことが知りたいの。どっちかわかんなくてモヤモヤするのが一番イヤなの！」

彼女はそう言ってその場で地団駄《じたんだ》を踏んだ。もしかしてそれを確認するために、わざわざここまで来たのだろうか。

「……約束して。どんな答えでもこの子と私に危害を加えないって」

答えを聞いておとなしく帰ってくれるならと思い交渉してみると、彼女は「はぁ？」と驚いたように眉を跳ね上げた。

「なに、危害って。あたしそんなことしないし！　さっきから人のこと犯罪者みたいに言うのやめてよ」

私は克典さんと眉をひそめて顔を見合わせた。そして太陽をきつく抱きしめ、口を開く。

「この子はほずみ先生の……豪さんの子供だよ。それでいい？　気が済んだ？」

私の言葉を聞いて彼女は目を丸くしたまましばらく固まり、それから「え～……じゃあもうほずみ先生の推し活やめよ……」と悲しそうに呟いた。

想像以上にあっさりしている反応に私と克典さんが再び顔を見合わせていると、彼女はがっくり項垂れたと思ったらその場にへなへなと座り込んでしまった。

「おいおい、大丈夫か」

心配した克典さんが女の子に近づいていく。危なくないかとハラハラして見ていたけど、彼女は自分のお腹を押さえて「お腹すいた……」と泣きそうな顔で克典さんを見上げた。

九十九家の人たちは典代さんを筆頭に、本当に世話好きな人たちだと思う。私も助けられた身だけど、困っている人を放っておけないのだろう。

克典さんは女の子を『ISOLA』に連れていき、紗代さんに「余り物でいいから」と頼んでご飯を食べさせてあげた。事情を聞いた紗代さんはなんとも複雑そうな表情を浮かべつつ、温かいスープとシーフードピラフを出してくれた。

女の子は百花《ももか》と名乗った。年は十九歳だという。自称フリーターとのことだけど、推し活にお金をかけすぎて金欠なうえに、この島に来るのに全財産はたいてしまいご飯を食べるお金すらなかったのだとか。

よほどお腹がすいていたのだろう、百花さんは今日初めてだという食事を「おいしい」と繰り返しながらパクパクと食べた。そして綺麗に食べ尽くすと克典さんと紗代さんと私に向かって「ありがとうございました」と深々と頭を下げた。……なんだか悪い子じゃないみたい。

「食費つぎ込んでまで島に来るなんて、あんた、羽生田さん……ほずみ先生のことそんなに好きなのか」

克典さんが聞くと、彼女は「あんたじゃないし、百花だし」と頬を膨らませた。

「……百花さんはほずみ先生のファンなのか？」

言い直した克典さんの質問に、百花さんは「んー」と長い髪を弄りながら答える。

「ほずみ先生は推しのひとりっていうか。でももうやめる。子持ちとか興味ないし。それにあたしの最推し、別の人だし」

「え？　じゃあもともとそこまで夢中じゃないってことか？　それなのにわざわざ海を渡って子持ちの記事が本当かどうか確かめにきたのか？」

「だって気になるし。あたしこーいうのはっきりさせたいんだもん。こっちだって忙しいのに子持ちとか推してるの時間の無駄じゃん！」

我が道を行く百花さんの言葉に、克典さんも紗代さんも私も口をあんぐり開ける。共感はできないけど、信念があってさっぱりしているその性格は嫌いじゃないかも。

「っていうか、どうして私がこの島にいるってわかったの？」

一番疑問に思っていたことを尋ねると、百花さんはニッと口角を上げた。

「あたし特定とか得意なんだよね。ほずみ先生、去年の秋にこの島で屋外ロケやったじゃん？　他に屋外ロケなんてやったことないのに珍しいねって、ファンの間で話題になってて。なーんか怪しいなってそのときから思ってたんだよね。で、週刊誌の写真撮られたのが港のある浜松町じゃん。もうこれ確定じゃん！　って思って」

「……すご……」

思わず感心してしまった。そして私は既視感を覚える。この洞察力、推理力、そして行動力。……この子、豪さんに似てるな。ストーカー気質な人のファンも、またストーカー気質な人が多いのだろうか。それとも私が知らないだけで、これくらいの執着が世の中の標準なのだろうか。

ほずみ先生が子持ちだと判明してスッキリしたのか、百花さんは再び頭を下げてから「じゃー私そろそろ行くんで」と席を立とうとした。ところが。

「どこか宿とってるのか？」

「まさか。そんなお金ないし。港の待合所で明日の船が出るまで時間潰そうかなって」

その答えを聞いて克典さんも紗代さんも私も頭を抱える。明日の一番早い便でも今から十八時間近くあるんですけど。

「待合所、夜は閉まってるぞ」と克典さんが言うと、百花さんは「えっ」と目をしばたたかせたあと呑気に髪を指で弄りながら返した。

「じゃあ、この辺に公園とかある？　お巡りさんとか変なおじさんが来なさそうなの」

それを聞いた九十九家の人が放っておけるはずもなく……百花さんは克典さんと紗代さんに散々お説教されながらも、旅館の仕事を手伝うという条件付きで『島昊』に一泊させてもらうことになったのだった。

せっかくの太陽との休日を、とんだトラブルで潰してしまった。

『ISOLA』から戻った私は、百花さんと話している間、典代さんに預けていた太陽を迎えにいった。

「困ったお嬢さんねぇ」

ことの顛末《てんまつ》を説明すると典代さんはそう嘆きつつ、船のおもちゃで遊んでいる太陽の頭を撫でた。

「でも太陽ちゃんが無事でよかったわ」

私も本当にそう思う。百花さんのことは『困ったお嬢さん』で済んだけれど、万が一にでも太陽に何かあったら私は絶対に許さない。それだけはあっちゃ駄目だ。

「あのねー、ママがねーたぁくんだっこしてきゃーってはしったんだよ」

太陽は船のおもちゃに人形を乗せながら呑気に言う。幸い今日のことは怖いとは思っていなかったみたいだ。嫌な記憶を植えつけずに済んだことにホッとする。

「羽生田さんには連絡したの？」

典代さんの質問に、私は「まだです」と頭を横に振る。

豪さんに報《しら》せなくちゃとは思うのだけど、報せたら彼は絶対に飛んできてしまうだろう。夫で父親なのだから駆けつけるのは当然だけど、幸い大事には至らなかったし急ぐことはない。多忙な彼の妨げにならないよう、仕事が終わった頃を見計らって連絡しようと思った。

夜の九時。

太陽がすっかり寝入ったのを確かめてから、私は豪さんに電話をかけた。

今日の顛末を話すと豪さんは一瞬言葉を失くし、それから案の定「すぐ行くから少し待ってて」と電話を切ろうとした。私は慌ててそれを止める。

「ちょっと待って豪さん！　今来られても困るから！」

間一髪《かんいっぱつ》、電話が切れる前に声は届いたけれど彼は「けど」と納得いってなさそうだ。

「こっちは大丈夫だから。百花さんには本当に質問されただけだし、今夜は克典さんや佳代さんが念のため警戒しててくれてるから大丈夫。それに太陽ももう寝てるし、今から豪さん来ても私会いにいけないよ」

時間を確認したのだろう、少しの間があってから溜息を吐き出す音が聞こえた。

「……明日、朝一で会いにいく」

「うん。でも記者は大丈夫？　張られてたりしない？」

「それくらいうまく撒《ま》くよ」

「なら十一時頃に来てもらっていいかな。その頃なら私、昼休憩の時間だから」

明日は土曜日。豪さんは休日だけど私は仕事だ。せっかく来てもらっても私の仕事中だったら話をする時間がない。

豪さんはもどかしさを抑えた声で「わかった」と言った。今すぐにでも飛んできたい気持ちと、私の生活の妨げになってはいけない気持ちとの間で葛藤《かっとう》しているのが伝わってくる。

私は通話をテレビ通話に切り替えると、そっと太陽の寝顔を映してあげた。

「ね、なんともないでしょう？　よく寝てる。だから安心して。太陽も私も無事だから」

船のおもちゃを枕元に置いてスヤスヤ眠る太陽。その天使のような寝顔を見て少し落ち着いたのか、「うん」と答える豪さんの声はいくらか和《やわ》らいでいた。

「けど、俺が行くまで気を緩めないで。太陽と離れず、ひとけのないところに行っちゃ駄目だよ」

心から私たちを心配してくれる豪さんに「うん。わかった」と返し、明日会う約束をして今夜は会話を終えた。

翌朝。

モーニングタイムも終わり、朝のコーヒーを飲んでいたお客さんもぼちぼち席を立ち始めた頃、ランチの準備を始めた紗代さんが言った。

「すずちゃん、もうすぐ羽生田さん来るんでしょ？　迎えにいってあげたら？　ついでにキッチンペーパー切らしちゃったから買ってきてもらえると助かるな」

時計を見ると午前十時半。そういえばそろそろ豪さんが来る時間だ。私は洗い終わったお皿を片付けながら頷いて、「じゃあちょっと行ってきますね」とエプロンを脱いだ。

「あー、ママ！」

「あら、すずちゃんもどこか行くの？」

『ＩＳＯＬＡ』を出たところで太陽を連れた典代さんと会った。お昼ご飯の前にちょっと散歩へ行こうとしていたそうだ。

「スーパーでお買い物して、それから豪さんを途中まで迎えにいこうかなって」

今日は風がないので豪さんはヘリで来るだろう。ヘリで着いたあとは車で『ＩＳＯ

LA』まで来るのだけど、営業中に店の前に車を停めておくのを遠慮して駐車場へ置くようにしている。駐車場は『ISOLA』から近いので、スーパーの帰りに寄ればちょうどいい感じだ。

「たぁくんもいく！」

今日も船のおもちゃを大事に抱えながら、太陽がテテッと私に駆け寄ってくる。

私は典代さんに微笑んで「じゃあ太陽とちょっと行ってきますね」と手を振った。

今日は快晴。歩くと少し汗ばむくらい温かい。道端の桜はもうほとんど散っていて、地面を落ちた花びらが埋めていた。

「今日はあったかいね、太陽」

「うみ、およげる？」

「海はまだ早いかな」

「たぁくん、うみいったらねーおふねとおよぐかもねー。ざぶーんって」

「そっかー、ザブーンかあ」

なんとものどかな時間。昨日あんな騒動があったなんて信じられないくらいだ。

午前の客船が着いたのか、観光客らしき人が通り過ぎていくのをちらほら見かけるものの町は穏やかだ。やっぱりこの島にはこんなゆったりした時間が似合う。

「太陽くん、こんにちはー。ママとお買い物？　いいねー」

「こんにちは！」

「ちゃんとご挨拶できて偉いね。おまけにキャンディーあげるね」

「どうも、ありがとごしゃいましゅ！」

スーパーで馴染みの店員さんに飴の小袋をもらい、太陽はご機嫌だ。それ以外にも道すがら近所の人に声をかけられ、太陽はニコニコ顔で応える。我が子ながら本当に人懐っこくて可愛いなと、私も思わず頬が緩む。

「そろそろパパも着いたかな」

快晴の空を見上げヘリコプターを探す。太陽も一緒に空を仰いだけど、残念ながらヘリは見えなかった。

「パパ、おふねかもよー？」

「今日は風がないからヘリコプターだと思ったんだけどな。もう車で向かってきてるかも」

「パパはーおふねがいい！　ってなってー、みなとにいったのかも……」

お船大好き太陽としては、豪さんにどうしても船で来てほしいらしい。ものすごい船推しだ。

「そっかあ。そうかもね」

返答に困って適当に言葉を濁したときだった。海沿いの広場に、ひと組の母子がいるのが見えた。観光客だろうか、見ない顔だ。母親の女性はしゃがんで子供と何かを話している。

子供は男の子で太陽と同じ年くらい。母親は黒いロングコートを着てサングラスをかけている。春物のコートとはいえ、今日は二十度を超えている。暑くないのかな。

母子に気づいた太陽が足を止めてソワソワしている。大人には人見知りしない太陽だけど、同年代の子と接する機会が少ないせいか緊張するみたいだ。けれど話しかけたいのだろう、両手で船のおもちゃを抱きしめたまま母子を見つめて動こうとしない。

「お友達に『こんにちは』ってしにいこうか？」

そう言いかけたときだった。黒コート姿の母親がこちらに気づき、歩いてくるのが見えた。

「こんにちは、僕ちゃん」

女性は私に軽く一礼すると腰を屈めて太陽に話しかける。太陽は元気に「こんにちは！」と返したけど、私は母親に置き去りにされ立ち尽くしている子供のほうが気になった。

「カッコいいおもちゃだね。誰に買ってもらったの？」

「あのねー、あのねー、たぁくんのパパがねー、いっこだけいいよって、こーんなにおっきいおみせやさんでねー」

「パパのお名前、言える？」

「パパはねー、パパは……おなまえ、ほじゅみせんせん……かも」

女性と太陽の会話を聞きながら、私の目に不可解なものが映る。この女性が置き去りにした男の子のもとに、別の女性と男性が駆け寄ってくる。「どこに行ってたの？　捜したのよ！」という声と「ママ！　パパ！」という声が遠くから聞こえた。

……あれがあの子の両親？　……なら、この目の前の女性は……何？

ゾワッと背が冷たくなった次の瞬間、視界の端で黒コートの女性が太陽を抱きかかえるのが見えた。

そこからはまるでスローモーションだった。後悔が、自分の甘さが、次々に頭の中をよぎる。

私はてっきり百花さんが『リボンちゃん』だと思っていた。彼女はそんなことひと言も言っていないのに。だからこれ以上危険なファンが現れるなんて思っていなかった。

百花さんが言っていた、『ほずみ先生がこの島でだけ屋外ロケをしたのが珍しいって、ファンの間で話題になった』と。ならば、彼女以外の人だってスクープの写真から、私と太陽がこの島にいることを予測できる可能性は大いにある。

百花さんだけで終わるはずがなかった。むしろ、あきらめのいい百花さんが『リボンちゃん』であるはずがないという可能性を考えておくべきだった。

「――豪くんに子供なんていらない」

太陽を抱えそう呟いた黒コートの女性こそ『リボンちゃん』だと、私は今はっきりと確信した。

「誰か！　誰か助けてー‼」

太陽を抱えて走り出したリボンちゃんを追いかけながら、私は大声で叫ぶ。辺りには先ほどの親子しかいなくて、彼女たちも突然のできごとに唖然としていた。

「おふね！　おふねまって！」

リボンちゃんに抱きかかえられたときに船のおもちゃを落としてしまった太陽は、必死に手を伸ばしてバタバタする。彼女が海沿いの高台のほうへ走っているのを察し、私の心臓が暴れたように早鐘を打った。

「やめて！　太陽を放して！　お願い！」

私の尋常じゃない様子に何かを感じたのか、抱かれている太陽が不安に顔を曇らせたときだった。車道を走っていたハイヤーが一台ものすごい勢いで私たちを抜き去ったかと思うと、急ハンドルで歩道に乗り上げリボンちゃんの行く手を塞いだ。

リボンちゃんは突然現れた車に驚き足を止め、方向転換しようとする。するとハイヤーの運転席と後部座席からスーツ姿の男性がふたり飛び出してきて、リボンちゃんを取り押さえた。

「太陽！　大丈夫か⁉」

リボンちゃんの腕から太陽を奪って抱きかかえたのは、豪さんだった。いつもハイヤーのドライバーを務めている彼の秘書が、暴れるリボンちゃんの腕を背後で拘束している。

「ご、豪さん……」

呼びかける私の声が掠れる。恐怖のせいか、今までにないくらい全力で走ったせいなのか、心臓が信じられないくらいバクバクいって、全身が驚くほど震えていた。

太陽はポカンとしたまま固まっている。けれど大人たちの緊張が伝わってきたのか、だんだんと顔を顰め、ついには大きな声で泣き出した。

「もう大丈夫。もう大丈夫だからな」

豪さんは太陽を抱きしめ、何度も背を撫でる。そして私のもとまで来て「すず、大丈夫か」と声をかけた。

「私は平気、それより太陽……っ」

震えながら腕を伸ばすと、太陽がすぐさま私に飛びついてきた。そしてギュウギュウとしがみつきながら大声で泣き続ける。

「太陽、ごめんね。ごめんね。もう大丈夫だからね」

……怖かった。怖かった、怖かった。もし豪さんが来てくれなかったら、今頃太陽がどうなっていたか。それを考えると全身が冷たくなって震えが止まらず、私はその場にへたり込んで太陽を抱きしめ続けた。

「ごめん。すず、太陽。ごめん」

豪さんはそんな私と太陽を力いっぱい抱きしめた。何かを喚《わめ》いているリボンちゃんの声が遠くから聞こえる。

「太陽ちゃん⁉　すずちゃん⁉　どうしたの！」

騒ぎを聞きつけたのか、典代さんと近所の人が駆けつけてきた。

「九十九さん。すみませんが、すずと太陽を家まで送ってもらえますか」

典代さんにそう頼むと、豪さんは「先に安全なところへ行ってて」と言い残し立ち上がった。そしてリボンちゃんを捕まえている秘書のところまで大股で歩いていく。

「豪くん！　豪くん！　夢で結婚したでしょう、あなたの奥さんは私よ！」

リボンちゃんはずっと意味のわからないことを捲《まく》し立てている。豪さんは彼女の正面に立ち、身長差二十センチはある高みから見下ろして言った。

「――誰だ、お前」

彼らから少し離れた位置にいたけれど、私の耳には低く威圧的なその声がはっきりと届いた。豪さんから発せられたとは思えないと、耳を疑うほどに。

あれだけ喚いていたリボンちゃんでさえ言葉を失っている。私の位置からでは見えないけれど、豪さんは今どんな顔をしているのだろう。

「すずと太陽に何するつもりだった。言ってみろ」

さっきとは違う恐怖が湧き上がり、こめかみにひと筋の汗が流れた。すると典代さんがすかさず私を立たせ、「あっちのことは男の人たちに任せましょう」と腕を引いて歩きだした。

私は典代さんや駆けつけてきた紗代さんに支えられ、太陽を抱きしめながら後ろを一度も振り返らず家へと向かった。

それから少ししてパトカーのサイレンが聞こえ、近所は騒然となった。私のところにも警察官が事情聴取に来て、話をしているうちに豪さんもやって来た。

「太陽は？」

「典代さんが見ててくれたけど、泣き疲れたのか今は寝ちゃってる」

「……そうか。ふたりとも怪我は？」

「それは平気」

豪さんは終始、太陽と私の心配をしていた。リボンちゃんこと黒コートの女性は警察に連れていかれたらしい。未成年略取、および暴行未遂容疑に問われるそうだ。

豪さんはもう少し警察と話があるらしく、いったん私のもとを離れた。佳代さんたちが気を利かせてくれて、今夜は私の部屋に豪さんが泊まれるよう布団などを用意してくれた。

警察官の方も帰っていき、ようやく周囲も静かになる。典代さんの部屋へ太陽を迎えにいくと、太陽は目もとを赤くしたままスヤスヤと寝ていた。

「警察の方とお話は終わったの？」

「はい……また後日、警察署のほうへ行かなくちゃいけないみたいだけど今日はおしまいです。太陽を見ててくださってありがとうございました」

「いいのよ。それよりすずちゃんも太陽ちゃんも、怖い目に遭ったわね、可哀相に」

典代さんが眠っている太陽の頭をそっと撫でる。太陽の枕元には、傷がついてしまった船のおもちゃ。それを見ていたらあのときのできごとが頭に甦って、涙が込み上がってきた。

「私は大丈夫です。でも太陽が……あんな怖い目に遭って本当に可哀相で。心の傷が残ったらどうしようって。大人の事情に巻き込んじゃったことが、すごくすごく申しわけなくて……」

私がもっと気をつけていればよかったと、自分の不甲斐なさに怒りが湧く。太陽にはずっと笑っていてほしいのに、絶対幸せにするって決めたのに。自分が情けなくて、太陽が可哀相で、涙が溢れて止まらなくなった。

「すずちゃん。自分を責めちゃ駄目よ。悪いのは犯人なんだから」

泣き出してしまった私の肩を、典代さんが抱いて慰めてくれる。ずっと張っていた緊張の糸が緩んだのか、私は声も出せないほど泣いてしまった。

「今は太陽ちゃんもすずちゃんも怪我がなかったことを喜びましょう。ほら、笑って。ママが泣いてたら太陽ちゃんも不安になるわ」

「はい……」

涙を拭いながら痛感する。太陽にもしものことがあったら私は生きていけない。この子は私の命だ。

——私の人生で太陽の安全と引き換えにできるものなんて、何もない。

六　船と深海

「あのねー、たぁくんのおふねけがしちゃってねー、だからたぁくんナンソーコーはってあげたの」

「そうかそうか、怖い目に遭ったなあ坊主。泣かなかったか？」

「たぁくん、なかないよ。つよいから」

太陽は船のおもちゃに貼った絆創膏《ばんそうこう》を見せながら、コーヒーを飲んでいるおじさんと話をしている。おじさんは近所に住む漁師さんで、『ＩＳＯＬＡ』の常連さんだ。太陽のこともよく知っていて、釣り船をさわらせてくれたり、獲れたての魚をお裾分《すそわ》けしてくれたり親切にしてくれている。

午前十一時。いつものように昼食を食べに『ＩＳＯＬＡ』へやって来た太陽は、お店にいた常連のおじさんたちに囲まれてしまった。三日前に起きたリボンちゃんの事件はあっという間に島中に広まり、誰かと顔を合わせるたびにこうして心配されている。太陽のパパがほずみ先生でほずみフーズの副社長ということも広まってしまったけれど、誰も彼も太陽を本気で心配してくれているのはありがたい。

そして太陽はというと……。

「太陽ちゃん、元気そうに見えるわね」

「実際、元気です。思い出して泣くこともないし、相変わらず人見知りもしないし。トラウマになってたらどうしようって思ってたから、とりあえず安心しました……」

胸を撫で下ろす私に、紗代さんが「それはよかったわ」と笑う。そしてお魚のミックスフライランチをテーブルに置くと、「太陽ちゃーん、お昼ご飯できたわよー」と呼びかけた。

私が思っていたよりも、太陽はずっと逞しいらしい。事件のときは大泣きしていたけど、リボンちゃんに攫《さら》われかけた恐怖というよりは、場の雰囲気の異常さに呑まれて泣いていたようだ。

不幸中の幸いと言っていいのか悩ましいところだけど、前日にあった百花さんとのできごとがワンクッションになっていたのだ。

太陽にしてみれば知らない女の人が突然話しかけてきて、抱っこされて、ママが『助けてー!』と叫んでいたのは百花さんのときもリボンちゃんのときも一緒だ。百花さんのことが大事にならず呑気な展開になったので、太陽はリボンちゃんに対しても怖いことをする人だとは思わなかったのだろう。……もっとも、リボンちゃんが太陽を海へ投げ込む前だったから言えることだけど。

「世の中、何が幸いするかわからないものね」

紗代さんが感心したような口調で言うと、太陽の隣で一緒に昼食を食べていた典代さんが「何が幸いよ。どっちも大人の馬鹿な真似に子供が巻き込まれただけじゃない」と憤《いきどお》っていた。

大人がヒソヒソとそんな話をしている横で、太陽はランチのフライを食べながら漁師のおじさんたちと喋っている。

「これはーカマシュ。く……クロビビママシュ」

「おー、そうだ。さすが島の子だなあ、坊主はクロシビカマスがわかるんか」

「たぁくんあたまいいって、おばあちゃんゆってた」

褒められてドヤ顔をしている太陽の姿に笑いをこらえ、私は紗代さんたちに小声で告げた。

「それに根明なんだと思います。怖かったんだとしても、『泣かなかった』って言うとみんな『強いね』って褒めてくれるから、本当に強い子になったつもりみたい。こないだなんて、近所の人に自分から『たぁくん悪い人に抱っこされたけど泣かなかったよ』って話してましたから。もう武勇伝状態」

深刻に落ち込みすぎない性格は私似かもしれない。それとたくさんの大人に囲まれ可愛がられてきた環境が、太陽の自己肯定感をグングン育ててくれたのだろう。

「……泣いてたわよね？」

典代さんが潜めた声で聞いたそれに、私は「太陽の中では泣いてないことになりました」と答えた。武勇伝とは話しているうちに話が大きくなるものだ。

私と典代さんと紗代さんは、大好きなお魚をパクパク食べる太陽を見て表情を和らげる。三人とも思っていることはきっと一緒だ。大変な目に遭ったけれど、太陽が元気でいてくれたことが本当に不幸中の幸いだった、と。

そのときだった。

「……すずちゃん、太陽ちゃん。お店の奥に行ってて」

ふと顔を上げた紗代さんが真剣な声音でそう言った。なんのことかすぐにわかった私は席を立ち上がり、「ごめんね、ちょっとだけ向こういこうね」と食事中の太陽を抱え上げてお店のバックルームへ駆け込む。

「たぁくん、ごちしょしゃましてないのに～」

「ちょっとだけタイムだよ。ごめんね」

フォークを持ったまま不満そうな太陽の頭を撫でバックルームのドアを閉めると同

時に、お店の入口からドアベルの音が聞こえた。

「すみません、こちらに三園すずさんはいらっしゃいますでしょうか」

続けて聞こえてきたのは、一見丁寧に聞こえる男性の声。そしてすぐさま「どちらさまですか？」という紗代さんの厳しい声が続く。

「えーわたくし、文化テレビの者で……」

案の定の答えに、私は深く溜息を吐いた。ドアの隙間からそっと窺うと男性が二名、紗代さんと話していた。アポイントを取りに来たスタッフだろうか、スーツではなくラフな恰好をしていて、後ろに控えている男性はテレビカメラを持っている。

「取材はお断りです。小さい子供が巻き込まれたんですよ、少しは控えてください」

紗代さんが憤った声で言うと、周囲のお客さんも口々に同調する。

「紗代ちゃんの言う通りだ、坊主の気持ちも考えろ！」

「島に来てまで撮りたいのが女子供の泣き顔かよ。そんなもんよりうちの釣り舟でも取材しな」

テレビスタッフの男性は雰囲気に気圧《けお》されたように後ずさり、一礼するとそのままお店を出ていった。ガラス扉の向こうには、テレビ局のものらしいワゴン車が停まっているのが見える。しばらくしてその車が立ち去るのを確認してから、私と太陽はバックルームを出た。

「どうもありがとうございます。ご迷惑かけてしまってすみません」とみんなに頭を下げると、紗代さんもお客さんも口を揃えて「すずちゃんが謝ることじゃない」と言ってくれた。

「まったく、マスコミっていうのは倫理ってものがないのかしら。とんだ二次被害ね」

腰に手をあてて怒る紗代さんに、私も頷いて深く溜息を吐き出した。

リボンちゃんは逮捕されたものの、この一件で豪さんはますます世間の注目を集めてしまった。ほずみ先生の隠し子疑惑が確定したうえ、ファンがその子供を誘拐暴行しようとして逮捕されたのだから当然だ。もはや週刊誌やネットニュースだけでなく、テレビのワイドショーでまで取り上げている。

世間の声の多くは子供に卑劣なことをしようとしたリボンちゃんへの非難だけど、未婚で子供を作った不誠実さに加え、結果的に子供を危険に晒した豪さんにも非難が集まっている。特にSNSを中心としたネットでのほずみ先生叩きは苛烈で、見るに堪《た》えない。

『ほずみ食品は家庭への応援を謳っているくせに、副社長の行いは女性と子供を蔑《ないがし》ろにしているものだ』と顧客のメイン層である主婦から反感を買い、ネット上でほずみフーズ不買運動まで起きる始末だ。

リボンちゃんの事件は解決したものの、安心できないどころか状況は悪化している。私と太陽のことを嗅ぎまわっているのはさっきのテレビ局だけでなく、他のテレビ局や週刊誌からも取材の電話が『ＩＳＯＬＡ』に何件もかかってきた。けどマスコミはまだマシなほうだ。マスコミを気取ったお騒がせ系動画配信者がアポイントもなしにお店にやって来たときが一番困った。

事件が島で起きたせいで、もう私と太陽の居場所は世間にほとんど知られてしまっている。またいつ過激ファンや悪意のある賑やかしの人がやって来てもおかしくはない。

九十九家の人やご近所の人たちはありがたいことに私たちを守ろうとしてくれるけど、それでもこんなふうに日常生活に支障をきたすときがある。

「ママ、ごちしょしゃまーしていい？」

隣に座っていた太陽が私の袖《そで》を引いて言う。見ればお皿の上にはまだ半分近くおかずが残っていた。太陽の大好きなお魚のフライなのに。

「もういいの？」

「たぁくん、おなかいっぱい……」

せっかくの食事中にバタバタと邪魔が入ってしまったせいか、太陽はすっかり食欲を失くしてしまったみたいだ。

典代さんに連れられ家のほうへ戻っていく太陽を見ながら、私は三度目の溜息をついた。


私と太陽へのマスコミの取材は、翌週にはピタリと収まった。話題の鮮度が落ちたからというのもあるが、豪さんが随分と手を尽くしたらしい。ほずみフーズはテレビ局の大手スポンサーでもあるし、色々と繋がりもあるのだろう。

ただし収まったのはマスコミだけであって、ネットでは相変わらず豪さんへの非難は続いている。取材は止められても誰が島へ来るかわからない状況は変わってないので、警戒は必要なままだ。

豪さんは私と太陽の現状にとても胸を痛めている。けれどあの事件以降、彼はこの島に来られていない。下手に動いてまた注目を集めてしまうのを避けているのもあるけど……。

彼は言葉を濁していたけど、会社のほうが揉めているのではないかと思う。

豪さんは私と再会し結婚するという目標を秘密裏に進めてきた。そしてまた、母親を会社から排除するという計画を立てるほどの強引さももって。

それなのに、おそらく予期しないタイミングで私と太陽の存在が明るみに出てしまい、そのうえあんな事件まで起きて世間を騒がせてしまったのだ。結婚を反対していたお義母様にもバレただろうし、会社の評判にまで関わってきては社内での豪さんを支持する声も落ちるだろう。そうなれば進めてきた社内クーデターの計画がとん挫しただろうことは、想像に易い。

彼はおそらく……ううん、間違いなく窮地《きゅうち》に立たされている。私と太陽のためならいつだって島へすっ飛んでくる彼が、こんなときに二週間近く訪れないのだ。身動きが取れない状態なのは明らかだった。

◆

「退任請求を企んでたうえに隠し子騒動とはね……。我が子ながら呆《あき》れるわ。どこで教育を間違ったのかしら」

母はこれ見よがしに大きな溜息を吐き捨てると、俺のほうを見ないままそう言った。

霞《かすみ》が関《せき》にあるほずみ食品本社ビル最上階。社長室のガラス壁面からは、累々と建ち並ぶオフィスビルと曇って濁った空が見渡せる。

まるで映画のスクリーンのようなガラス壁面の前でエグゼクティブチェアに座りひじ掛けに頬杖をついているのは、このほずみフーズグループのトップに立つ社長こと穂積操、俺の母だ。

いかにも気の強そうな濃い眉をわざとらしく八の字にひそめる仕草は、もう嫌というほど見てきた。俺が彼女の意思に沿わないことをするときに見せる〝困った息子に手を焼く母の顔〟だ。俺はこの表情が、吐き気がするほど嫌いだ。

こちらを一瞥《いちべつ》もしない切れ長の目はいつだって冷たく人を見下す色に溢れていて、自分とそっくりなことに心底嫌気が差す。

「まあこれでよーくわかったでしょう？　あなたがやろうとしていたことが全部間違いだったって。最初から私の言う通りにしておけば、こんな馬鹿馬鹿しい騒動で株主を怒らせることもなかったのよ」

ようやくこちらを向いた顔は『言わんこっちゃない』とばかりに哀れみの笑みを浮かべている。俺は声を荒らげそうになるのをこらえて、冷静に口を開いた。

「それは違います。最初からすずとの結婚を認めてくれれば……社長が俺を三年も上海に軟禁しなければ、こんな騒動は起きなかった。俺は太陽を隠し子にしたつもりはない。あなたの手から守っていただけだ」

計画の成功はもう目の前だった。役員の過半数以上に根回しをし、今週の取締役会で社長の退任を求める手筈は整っていたというのに、先週起きた事件のせいですべてが台無しになってしまった。

すずと太陽の存在が明るみに出て母の知るところとなっただけでなく、騒動によって不買運動の声まで上がり株価は一時下落、株主からは説明を求められ役員からの信頼も危ういものになった。当然こんな状態で退任請求など通るはずがないので、社内クーデターの計画は白紙だ。

すずと太陽と正式な家族になるまであと一歩だったのに。眩《まばゆ》いほどの幸せな未来が指先をかすめ消えていった悔しさは、筆舌に尽くし難い。

「私の手から守るだなんて、心外ね。まるで私が危害を加えようとしているみたいじゃない」

俺の言葉を聞いた母が嘲笑《あざわら》う。そうして椅子から立ち上がり、外の風景を眺めるようにこちらに背を向けた。

「どうしてわからないのかしらね。こんな騒動になったのは私が結婚に反対したからじゃなく、あなたが相応しくない相手を選んだからだって。あなたはいつもそう。自分の判断で間違ったことばかりして、結局私が尻拭いする。夜に悪い仲間と出歩いては何度も補導されて、喧嘩をして警察沙汰にまでなったこと忘れたの？」

嘆くように言われたそれに、俺は言い返そうとして口を噤む。

中学生の頃、夜に出歩いて補導されたことは反省している。けれど迎えにきたのはいつだって父だったし、母は家にいたくない俺の気持ちを考えてくれたことなど一度もなかった。

喧嘩だってそうだ。大人になれば何があっても暴力はいけないと自制できるが、多感な時期に家のことを侮辱され我慢できなかった俺のことを、母は理解しようとしなかった。『こいつんちの親、子供ほったらかして家庭料理の会社やってんの笑える』と親と会社を馬鹿にされた俺の気持ちを、母は一生理解できないだろう。

行動は間違っていたかもしれない。子供ゆえに他の手段を知らなかったから。けど考えが間違っていたとは今でも思わない。

だがもう十年以上も昔のことだ。今更中学生だった頃の息子の気持ちをわかれなどと吠えても意味がないので、俺は反論を呑み込んで黙った。

「……まあいいわ。今回も私がなんとかしておくから。あなたはいつも通り業務にあたりなさい」

「え？」

意味のわからない言葉で締めようとした母に、俺は眉根を寄せ「どういう意味です？」と身を乗り出す。母はゆっくりと振り返ると、顎《あご》を上げ人を見下すような威圧的な眼差しをこちらに向けた。

「豪。あなたに子供はいない。全部玉《たま》の輿《こし》を狙った女の虚言よ。あなたはお金に困っていた知人の母子を哀れんで力を貸していただけ。その親切を利用され未婚の父に仕立てられた挙句、会社ごと巻き込まれて騒動に遭った被害者なのよ。あなたに非は一切ない。被害者の顔をしていなさい」

「——ふざけるな‼」

頭の中が真っ白になった次の瞬間、俺は母に掴みかかろうとしていた。脇に控えていた社長秘書の男と、俺の秘書の鮫島《さめじま》が咄嗟に俺の体を押さえ止める。

「副社長！　落ち着いてください！」

「駄目です、豪様！」

しかし血眼で睨《にら》みつける俺に構わず、母は顎を上げたまま淡々と言葉を紡《つむ》ぐ。

「他に会社を守る方法があるの？　大丈夫、悪いようにはしないわ。その女性と子供には一生不自由しないくらいのお金を渡すから」

「すずを悪役にして守るくらいなら、こんな会社潰してやる！　すずを犠牲にしたら俺はあんたを絶対に許さない……！」

そんな結末、あってたまるものか。俺は鮫島たちに腕を掴まれながら肩で息をし、母をきつく睨みつけて奥歯を噛《か》みしめた。

◆

その日の夕方、島にやって来たのは、マスコミでもなければほずみ先生のファンでもなく、ひとりの女性弁護士だった。

「ほずみフーズ株式会社社長・穂積操さんの代理人として参りました」

そう言って名刺を渡してきた弁護士――峰《みね》さんは、人に聞かれない場所で話したいと言い、彼女の乗ってきたレンタカーの車内でふたりきりで会話することになった。

峰さんは眼鏡をかけた四十代くらいの女性で柔和な印象の外見だったけど、話の内容は耳を疑うほど辛辣《しんらつ》だった。

「――ご了承いただけた際の謝礼はこのようになっております。もちろんそれ以外にも、新しいお住まいのご用意も引っ越しの手続きもこちら側で請け負います」

法外な金額が記された書類を見せながら、峰さんはまるで商品を勧める店員さんのように柔らかい口調で話した。けれど私はただ唖然としながら彼女を見つめ返す。

「た……太陽は間違いなく豪さんと私の子供です。ＤＮＡ検査したって構いません。どうしてそんな嘘をつかなくちゃいけないんですか」

「実子であることも、そうではないかもしれないことも考慮しております。そのうえで三園様には『羽生田豪の子供ではない』ことを発表してほしいのです。取材の記者はこちらで準備しますので、あらかじめ準備した返答をするだけで構いません。難しいことはありません。一時的にネットなどでバッシングがあるかもしれませんが、先ほど申し上げた通り三園様とお子様の身の安全は保障します。数年の間、海外などに移住されるのもよろしいのではないでしょうか」

動揺している私と対照的に、峰さんはサラサラと説明する。あまりに彼女が冷静だから、こんなにショックを受けている自分がおかしいのかとさえ思えた。

「嫌です……！　どうして私と太陽がそんな嘘をついたうえ隠れるように生きなくちゃいけないんですか？　私も太陽も、豪さんだって何も悪いことしてないのに」

今回の事件のせいで豪さんとほずみフーズの評判が落ちているのは知っている。けれど私たちは何も悪くない。愛し合って子供を授かり、豪さんは妊娠が判明する前から結婚するつもりでいた。私は内縁の妻でもなければ、太陽は隠し子でもない。誰かのせいでボタンの掛け違いが起きてしまっただけの、ただの普通の家族なのに。

するると峰さんは同情するように悲しげに微笑んで、うんうんと頷いてみせた。

「お気持ちは痛いほどわかります。三園様もお子様も、羽生田様も何も悪くありません。ですから何も後ろめたく思わないでください。これはあくまで三園様親子を守るための手段なんです。もしこのまま三園様が羽生田様と結婚すれば、会社の評判を落とした一因としてあなた方親子への風当たりは強くなります。ほずみフーズが一族経営であることはご存じですよね？　そうなると三園様や……特にお子様、太陽くんも無関係ではございません」

太陽が無関係ではないと言われてドキリとした。社内抗争なんかに太陽を巻き込まれたくない。

「息子は将来、好きな職に就かせるつもりです。本人が希望しない限り、ほずみフーズとは関わらないです」

すると峰さんは困ったように眉根を寄せ、殊更《ことさら》優しい口調で言った。

「無関係を貫き通せないのが、結婚して親族になるということです。妻子である以上、様々な権利が生まれてしまうのですから。……いらぬ諍《いさか》いを生み出すのは、お子様のためにならないでしょう？」

そして彼女は声を潜めて付け加える。

「三園様。私はあなたの選択をお伺《うかが》いにきたのではございません。〝お願い〟にきたのです」

私の胸が嫌な早鐘を打つ。これは交渉ではなく穂積操——豪さんの母からの〝命令〟だということを、峰さんは暗に伝えたのだ。

もしこの命令を無視すれば、私と太陽への風当たりが強くなる……つまり彼の母を敵に回し、何をされるかわからない。豪さんを上海に三年も軟禁していた人だ、あらゆる手を使って私と太陽を排除しようとするのは想像に易かった。

「……」

太陽がリボンちゃんに攫われたときの恐怖が甦る。もう絶対、太陽の身に危険が及ぶようなことはあってはならない。そう心に固く誓った。

お義母様を敵に回すのも、社内抗争に巻き込まれるのも怖い。……けれど。

「でも……でも！　私は嫌です！　太陽からパパを取り上げるのも、豪さんはパパじゃないって嘘をつくのも！」

太陽は、豪さんと私が愛し合って生まれた。太陽が生まれてきた意味を奪うことはどうしてもできない。

するとで峰さんはパッと明るい笑みを浮かべ、先ほどの書類を再び手に取って私に見せた。

「ええ、ええ。ですから海外への移住をお勧めいたします。要は国内の顧客の目を欺ければよいのです。三園様は子供の父親が羽生田様でないことを証言したあと、お子様と国外で暮らし、そこで時々羽生田様と会われる。羽生田様も日本の本社でのお仕事がありますので頻繁《ひんぱん》に通うことはできかねるかと思いますが、まあ単身赴任のようなものだと思えば。表立って籍が入れられないだけで、普通のご家庭と変わりません。お子様はパパを失わずに済みますし、国外でなら父子を公言しても問題ないでしょう」

「……」

私は唇を噛みしめる。峰さんの誘導は巧みだ。高圧的に命令されたなら私は反発を緩めなかっただろうけど、私を思い遣っているような口ぶりで諭《さと》されると心が揺らいでしまう。本当に正しいのはなんなのか、太陽を守るためにどうするべきなのか、わからなくなってくる。

「穂積操様も全面的にバックアップすると申しております。いかがでしょう、三園様。お子様のことを考えられるなら、なおのこと他に選択肢はないかと」

「……ご、豪さんと相談させてください」

即答できないと思い答えた私に、峰さんは落ち着き払った様子で告げた。

「羽生田様ならしばらくお会いできないかと。今回の件で対応に追われご多忙ですので。ご相談なら彼の代理人の弁護士がお受けしますので、その者とお話を進めてください」


豪さんとの連絡がつかなくなったのは、峰さんが帰った夜からだった。

峰さんは彼が多忙だからと言っていたけど、そうではないだろうことは予測できた。どんなに忙しくたって、寝る前に電話一本入れることはできる。それが無理でもメッセージをひと言返すだけだっていい。

彼が母親によって連絡手段を絶たれたと思うのは、きっと間違っていないだろう。

夜の十一時。静まり返った部屋で聞こえるのは太陽の寝息と、少し開いた窓から聞こえてくる波の音だけだ。

私はスマートフォンを置くと、傍《かたわ》らで眠る太陽の頭をそっと撫でた。スルスルと指が滑るほど柔らかくて艶《つや》のある髪の毛。温かくて、子供特有の匂い。プニプニのほっぺと長い睫毛。いつも右向きに寝るから、起きたときはほっぺが赤くて頭の右側に寝癖がついていて。

可愛い可愛い太陽。世界で一番大好きで大切な存在。この子の将来のために、私はいったいどうしたらいいんだろう。

夜の静けさが、私の心を不安に揺らす。

峰さんの言う通り嘘をついたまま海外へ逃げて、そこで安全に暮らすのが一番なんだろうか。どこに移り住もうと豪さんならきっと、私たちのもとへ足繁く通ってくれるはず。

それとも反対を押し切ってでも結婚に踏み切るべきなんだろうか。……豪さんならきっと、ううん、絶対にそうするはず。そして周囲のどんな声からも、私と太陽を守ろうとしてくれるに違いない。

「……違う」

小さく呟いて、私はかぶりを振った。

普通に三人で暮らしたい。何ものにも脅《おびや》かされず、ただ平和に三人で。

ささやかな暮らしでいい、温かい家庭を持つことがずっと夢だった。たったそれだけのことが、私にはどうしてこんなに難しいのだろう。

「太陽……ごめんね」

眠っている太陽に囁くように告げる。どちらに転んでも大人の事情に巻き込んで平穏な暮らしを奪ってしまうことが、申しわけなくてたまらない。

これからどうするべきなのか、まだ答えは出せない。けれど絶対にあきらめないと心に誓う。考えて、考えて、私は太陽が一番幸せになる道を選ばなくちゃいけない。


翌週。峰さんから答えを急《せ》かすような電話がきた。

ネットでは豪さんの話題は少なくなったけど、結局印象は最悪なままだ。何か動きがあればまだバッシングが再燃することは容易に想像できる。会社側も早くイメージの回復を図りたいのだろう。

相変わらず豪さんとは連絡が取れない。私ひとりで答えを出さなくてはいけない。典代さんや紗代さん、佳代さんにも相談してみたけれど、皆、豪さんの母のやり方に憤ったあと悩んで口を噤んでしまった。思いは同じだ。どちらを選択しようと太陽に余計なものを背負わせることになる。どうすればいいのかなんて私でさえわからないのに、第三者が軽々しく答えを出すなんてもっとできない。

『……結婚ってなんなのかしらね。みんな幸せになりたくて結婚するはずなのに、どうして悩んだり泣いたりしなくちゃならないのかしら』

独り言のようにそう嘆いたのは佳代さんだった。九十九家の女性はみんなバツイチだ。結婚の幸せも苦労も、嫌というほど知っている。

私はそれにただ黙って頷いた。幸せになりたいという思いは誰だって同じなのに、どうしてこんなにうまくいかないんだろう。

それをもっと痛感したのは、その日の夕方のことだった。

私が仕事を上がるタイミングと同時に、見たことのあるSUVがお店の前に停まった。

「……豪さん⁉」

驚いてお店を飛び出すと、運転席から降りてきた豪さんが私の顔を見て泣き出しそうな表情を浮かべた。

「すず！」

私のことを勢いよく腕に抱きしめ、豪さんは「よかった、間に合った……」と呟く。

「それはこっちの台詞だよ。よかった、豪さん無事だったんだね。また軟禁されてたらどうしようって心配したよ」

「すず……。俺は大丈夫。それよりすずは？　すずと太陽は何もないか？　母の代理人が来たんじゃないのか？」

「それが……」

体をほどいて彼の顔を見上げたとき、「あーパパだー！」という声が聞こえた。振り返ると家のほうから、太陽がこちらへ走ってきている。

「太陽！」

豪さんは太陽に駆け寄っていって、小さな体をすぐに抱き上げた。太陽は嬉しそうにきゃあーと高い声を上げている。

「ママを迎えにいこうとしたらちょうど羽生田さんの車が見えて、走っていっちゃったのよ」

あとから太陽を追いかけてきた典代さんがそう言った。

「パパ！　あのね、あのね、たぁくん、けんけんぱーできるよ！」

「そっかあ、太陽はケンケンができるようになったんだ、すごいな！　天才だな！」

「たぁくん、つよいでしょ」

「うんうん、強い。太陽は世界一強い。大好きだよ、会いたかったよ太陽」

抱っこした太陽に頬を擦り寄せる豪さんを見て、胸が締めつけられる。……やっぱり家族三人、離れたくない。そんな思いがよぎった。

「豪さん。よかったら一緒に少しお散歩しない？」

私が尋ねると豪さんが頷くよりも先に太陽が「おしゃんぽいくの、たぁくんもいっていいの？」と目をしばたたかせる。

「もちろんだよ」

私と豪さんが同時に頭を撫でると、太陽は肩を竦めてとびきり嬉しそうに笑った。

春の陽は長い。夕方の五時を過ぎても西日はまだ海に沈む途中で、浜辺は十分に明るかった。

春の海は穏やかで、静かに波を打ち寄せている。さざ波の音を聞きながら、私たちは砂浜に並んで駆け回る太陽を眺めていた。

太陽は三人でお散歩ができて大はしゃぎだ。砂浜をザクザク走っては漂流物の海藻や枝を拾い、私と豪さんに見せにくる。

「太陽、ガラスと貝は拾っちゃ駄目だよ。尖ってて危ないから」

「わかった！」

無邪気な太陽の姿に目を細めていた豪さんは、やがて静かに口を開いた。

「……何もかも俺のせいだ。ごめん」

豪さんが母親から私を悪役にすることで騒動を収めると聞かされたのは、私のもとへ峰さんが来た日だった。気がついたときにはすでに私用のスマートフォンは奪われており、もちろん勝手にヘリも出せないよう手を打たれていたという。

「俺と相談させないことで、すずに正しい判断をさせないつもりだったんだろう」

眉根を寄せた彼の瞳が、暗い色を帯びる。私が見ていることに気づくと豪さんはすぐに表情を和らげ、「そんなことしたって無駄なのにな」と安心させるように私の頭を撫で、新しく手配したスマートフォンを見せた。

「今日はどうやって来れたの？」

「知人に協力してもらって船で来たよ」

「船？　この時間に客船あったっけ？」

「島に出入りしてるのは客船だけじゃないからね」

そう言って豪さんは苦笑を浮かべた。様々な手を尽くしなんとか島まで来たのだなということが窺える。

「貨物船？　漁船？　珍しい船に乗れて、太陽は羨ましがるかもね」

私も眉尻を下げて笑えば、彼は顔を前へ向き直し「太陽にはいつだって堂々と客船に乗ってほしいよ」と小さく首を振った。

「……すず。俺は太陽に堂々と生きてほしい。嘘をついて隠れるような生き方なんて絶対にさせない。きみにもだ。すずと太陽を嘘つきになんてさせない。太陽はこの世界でたったひとりの俺の子供だ」

きっぱりとそう言い切った口調からは、絶対に揺らがない意思が伝わる。沈む夕日を映す瞳は決意に燃えているように見えた。

彼の愛は強い。それはもう十分すぎるほどわかっている。きっと私と太陽を守るためならば、世界を敵にする選択だってためらわずにするだろう。

……けれども。

「私も太陽を嘘つきになんてさせたくない。……でも、結婚は少しだけ待って」

私は世界を敵に回すのは怖い。

リボンちゃんの件で思い知った。自分だけでは太陽を守れる限界があると。なんの後ろ盾もない平凡な私の細腕では、命を懸けたって抗いきれないことがある。

伝手も経済力も腕力もある豪さんは、私とは比べものにならないほど強いだろう。

けれどそれでも、彼は今こうして島へ来ることさえ苦労している。

もし強引に結婚に踏み切ったなら、こんな苦労が日常茶飯事《にちじょうさはんじ》になりかねない。ううん、きっともっと私たちは引き裂かれる。手段も、物理的な距離も、もしかしたら心でさえ。

太陽を大切に守る気持ちならば誰にも負けない。けど気持ちだけでうまく回るほど世界は甘くない。

「あのね、豪さん」

私は彼の傍らにそっとしゃがみ込んだ。白と黒の粒が混じった砂を手に掬《すく》い、それをザラザラと落とすのを繰り返す。

「私どうすればいいかわからなくなってる。何が太陽にとって一番いいのかな。反対を押し切って結婚をしても、嘘をついてどこかへ逃げても、いつか後悔しそうで怖い。……太陽が自分の出生のせいで泣く日が来たらと思うと、未来を選ぶ勇気が出ないの」

なんて弱いのだろうと自分を情けなく思いながら、手の中の白と黒の砂が落ちていくのを見つめる。どちらも平等に落ちていく。湿った白と黒が、平等に。

波の音が聞こえる。この島へ来てから毎日聞いている音。その音が今日はやけに虚しく耳に響いた。

「すず」

砂を弄んでいた手を掴まれ、力強く引かれて立たされる。間近に迫った豪さんの瞳は、私しか映していなかった。

「全部捨てて、三人だけで生きよう」

それはみっつめの選択だった。私は驚いて目を瞠る。

「今日はそれを言いにきたんだ。大丈夫、今度こそ俺はほずみフーズを辞める。退職の手筈は秘密裏に進めてる。母が気づく前にすずと太陽と三人で海外へ移住して、そこで結婚して三人で暮らそう」

とても彼らしい選択だと、私は見つめられながら思った。

嘘もつかず会社の問題にも巻き込まれず、三人でひっそりと暮らす。それがベストな選択なのだと私も思う。……ただし、みっつの選択肢の中でのベストというだけだ。

「まずは急いですずと太陽のパスポートを作ろう。すぐ動くのが難しいなら代理人を寄こすから……」

気持ちが逸っているように話す豪さんの声を「ママー、パパー」という太陽の声が遮った。

「たぁくん、おえかきしたからみてー！」

砂浜を指さして呼びかける太陽に、私は頷いて微笑む。掴まれたままの手首を振りほどき太陽のもとに駆け寄ると、豪さんもそのあとについてきた。

「わーいっぱい描いたねぇ、すごく上手！」

やけにおとなしくしているなと思ったら、太陽は砂に大作を描いていた。大きな半月はきっとお船だろう。そこにニコニコ顔の丸がいっぱい並んでいる。

「あのねー、あのねー、これはーたぁくん。こっちがーママで、こっちはパパでー。いっしょにおでかけしてるの」

一番大きな丸とその脇にある丸を指さして、太陽は一生懸命喋る。その微笑ましさに私も豪さんも目を細めて「うん、うん」と頷いた。

「それでねー、こっちはおばあちゃん。『たいようちゃん』ってわらってるの。こっちはさよおばしゃんでーこっちがかよおばしゃんでー、なかよしだからおててつないでてー。こっちはおにいちゃん……まちがえた、おふねのおじしゃん。おととつかまえてーたぁくんに『おいしいよ』ってくれてー」

興《きょう》が乗ってきた太陽は夢中で喋った。砂に描かれた絵には太陽の島での毎日が詰まっている。笑顔で大勢の人に囲まれ、大切にされてきた楽しい毎日が。

「あとはー……これはママのママとパパ。たぁくんにあいたくて、おそらからきたの」

少し上のほうに描かれているふたつの丸を指してそう言った太陽の姿に、胸がジンと熱くなった。

私と太陽の部屋にはお父さんとお母さんの写真が飾ってあって、毎日手を合わせている。お祖父《じい》ちゃんとお祖母《ばあ》ちゃんはお空にいるんだよと教えてきた。

太陽の中ではお祖父ちゃんとお祖母ちゃんもちゃんと家族なのだなと思うと、なんだか涙が込み上げてきそうな温かい気持ちになった。

「みんなねー、たぁくんのおふねにのってるの。おふねしゅごいねーだいしゅきーって、よろこんでるよー」

「……そうだね。みんな太陽のことが大好きだよ」

私はしゃがんで太陽のことを後ろからギュッと抱きしめた。太陽は嬉しそうに笑い声を立てたあと、「あー、おとともかかなきゃ」と抱きしめられたまま砂に木の枝で絵を描き始めた。

「太陽は本当に絵が上手だな」

幸せそうに頬を緩め、豪さんは隣にしゃがみ込むと手を伸ばして太陽の頭を撫でた。

「豪さん」

私は腕の中の小さなぬくもりを大切に抱きしめながら言う。

「……やっぱり私、捨てたくない。ごめんなさい。もう少しだけ考えさせて」

不退転《ふたいてん》の覚悟で豪さんが差し伸べてくれた手を、私は取れない。

生まれたとき父親のいなかった太陽と私を支えてくれたのは、人との出会いだ。大勢の人の中で育ち愛されてきた太陽に、今度はそれをすべて捨てて三人だけで暮らそうなんて言えない。

たとえいつかこの島を離れることがあっても、思いや繋がりを断ち切るような別れ方をしたくはない。太陽が描いたこの絵のように、みんなが笑い合ってひとつの船に乗る道を選びたいと思うのはわがままだろうか。

「……うん」

差し伸べた手を取らなかった私に、豪さんは静かにそう答えた。

すずと太陽だけでいい。他には何もいらない。だからすずも俺だけを選んで――そんな思いを呑み込んだ苦しそうな声だと思った。

けれども豪さんは微笑んでくれる。端正な顔を夕日に染めた、とても綺麗な笑顔で。

「すずが後悔しない選択をしなよ。俺はどんな道を選んだってすずと太陽のそばに必ずいるから」

綺麗だけど少し悲しそうに見える笑顔に、胸の奥がギュウッと痛くなった。

打ち寄せる波はだんだん高くなり、砂浜に描かれた船を攫っていく。

みんなの笑顔を乗せた船は、どこへ運ばれていくのだろう。

◆

「おかえりなさいませ、豪様。オーストラリアの不動産会社からお電話がありました。移住先の住居の件で打ち合わせがしたいと」

会社に戻ると、副社長室で待機していた秘書の鮫島がすぐにそう告げた。

俺は疲れた体をエグゼクティブチェアに預け、気怠《けだる》く首を振る。

「……もう必要ない。断っておけ」

鮫島は驚いたように一瞬眉を跳ねさせたが、何も聞かず「かしこまりました」とだけ言って部屋を出た。

社長室と同じ作りの副社長室。デスクの後ろの壁は一面のガラスで、夜のオフィス街が一望できる。大きな違いといえば、副社長室には熱帯魚を入れた巨大な水槽があるということぐらいだ。

灯りを落とした室内は、水槽の青い光に照らされている。目を閉じると静寂の中、瞼の裏が青色に染まり、深海に沈んでいるみたいだと思った。

けれどここは海じゃない。すずと太陽の島を囲む青い海は遠い。……果てしなく、遠い。

「すず……」

まるで深い海の底に置いてきぼりにされたような寂寥《せきりょう》を覚える。

机の上の封筒には、鮫島が揃えたすずと太陽のパスポート申請の書類が入っている。

俺はそれを机の上から払い落とすと、片手で顔を覆って項垂れた。


中学生の頃から、俺の目に映る世界は色褪《いろあ》せていた。

家庭での安らぎをあきらめ母を憎むようになってから心はいつだって凪いでいて、喜びも笑顔もどこかへ忘れていた。

後ろ指さされるような生活を送れば送るほど景色は色褪せていき、常に不機嫌な俺に素行《そこう》の悪い仲間さえも離れていく。つまらない、意味のない人生だった。

更生できたのは、父が俺のために戦ってくれたからだ。政略結婚で婿養子だった父が祖父の反対を押し切ってまでも、俺を守るために離婚してくれた。嬉しいと思った。

父のことは今でも尊敬しているし、大切に思っている。

父の愛情に報いようと生活を改め学業に邁進《まいしん》し、いわゆる優等生というものにまでなった。そしてもう一度だけ——母に歩み寄ろうと思った。

自分も大人になったのだし、昔とは違う関係になれることを期待していた。きっと母も俺が荒れ、父が離婚までしたことに胸を痛め反省してくれているに違いない、と。

……けれど。

確かに関係は変わった。母は俺を大人とみなし、ほずみフーズグループの後継者として扱うようになったのだから。

次期社長としてかけられる期待という名の支配。表面上は良好な関係に見えながらも、母と顔を合わせるたび世界が色褪せていく。

自分の人生はこれでいいのだろうかと自問自答する。

俺はいったいどうしたかったんだろう。母の支配から脱したくて一度は逃げ出したはずなのに、何を期待して戻ってきたんだろう。

色褪せたままの世界で自分に問い続ける日々。けれどその答えは、ある日鮮烈に訪れた。

——『子供が喜びそう。私がお母さんだったら、子供に作ってあげたいな』

視察で訪れた子会社のインターン生だった。うちの商品を前に、まだ見ぬ子供を思い遣るその姿を見たとき、不快だった世界が鮮やかに色づいた気がした。

……俺はきっと、ずっとこれが欲しかったんだ。俺には俺の喜びや幸せがあると、母に知ってほしかった。そして共にその幸せを願ってほしかっただけなんだ。

ほずみフーズは設立当初から一貫《いっかん》して温かい家庭への力添えを謳っている。今までずっと皮肉だと嘲笑《ちょうしょう》してきた。その経営者が仕事のために家庭を放り投げてきたのだから。

けれど俺はこのとき初めて自分の会社の商品を誇りに思った。きっと彼女は将来、うちの商品を子供と楽しんで食べるに違いない。忙しい日々の中でも子供を思い、子供が何を喜ぶか考え、うちの商品にひと工夫を加えて子供と笑い合うんだ。

……ああ、羨ましいな。俺がずっと希《こいねが》ってきたものを、彼女はきっと子供に与える。せめてその家庭に俺もいさせてもらえないだろうか。幸せな母子の笑顔を、一番近くで見つめさせてもらえないだろうか。

名も知らぬインターン生に、生まれて初めての恋をした。あとはもうただ彼女に夢中で、どうしたら彼女を怖がらせず仲よくなれるのか、思春期の子供のように頭を悩ませた。

恋なんてしたことがない。ずっと心が凪いでいた俺には無縁の感情だったから。

そんな俺が初めての恋に戸惑い、右往左往《うおうさおう》しているのだ。我ながらどうかしているが、悪い気分じゃなかった。

すずは俺が思った以上に素晴らしい女性だった。早くにご両親を亡くし天涯孤独だというのに明るく逞しく、そして温かさに溢れている。

いつもニコニコしていて可愛いすず。大切で大切で仕方ない。もっと甘やかしてあげたくて、何度彼女の学費と生活にかかるすべてを肩代わりしてあげたいと思ったことか。

けれどすずは自立心が強い。自分の人生に誇りと責任を持って生きている。余計な手助けは彼女への冒涜《ぼうとく》だ。もどかしくもあるが、俺はそんなすずが愛おしい。

すずと会ってから俺の世界は鮮やかで幸福に満ち溢れた。彼女の温かな手料理を食べるたび、自分の中で欠けていた何かが埋まっていく。

いつだって眉間に皺を刻み、他人と目を合わせるのすら煩《わずら》わしく、無口な俺が、すずといるときだけは明るく振る舞えた。猫を被っていたわけじゃない。きっと彼女の前にいるときの姿が本当の俺だったんだ。

すずと出会って俺の人生は変わった。目に映る世界が見違えるほど鮮やかになった。もうすずなしの人生なんて考えられない。

出会ったときから共に家族になりたいと思っていたが、その気持ちは日を追うごとに強くなり、彼女を抱いたあとはもう抑えきれなくなっていた。

——三月十四日。その日がすずと俺の新しい記念日になる……はずだった。

『結婚したい人がいる』

前日、母にそう告げたことを今でも後悔している。

この期《ご》に及んで、俺はまだ期待していたのかもしれない。母が俺の幸せを喜んでくれると。

しかし返ってきたのは『なんの冗談？』という嘲笑だった。

母は俺が会社の利益になる政略結婚をするものだと信じていた。なんの後ろ盾もない平凡な……ましてや天涯孤独の女性と結婚するなど、母にとってはまともに取り合う話題ですらなかったのだ。

反対されるだけならまだしも、すずを侮辱するような母の物言いが俺は許せなかった。そこからは周囲が止めに入るほど激しい口論になり、結局話し合いは決裂した。

『あなたに認めてもらわなくても構わない。俺がほずみフーズの後継者だから結婚させないと言うのなら、今ここで辞職する』

次期社長の椅子とすず、どちらかひとつしか選べないのだとしたら俺は迷わずすずを選ぶ。

だが、俺は甘かった。母にとって俺は意志を尊重する相手ではなく、従わせるべき子供なのだ。昔も、今も。

その日の夜飲んだ酒を誰が運んできたか、覚えていない。不自然な睡魔に襲われ深い眠りから覚めたとき……俺は上海にいた。

悪夢のような三年間だった。日本に戻り再びすずに会うことだけを励みに、奥歯を噛みしめて過ごした。そして同時に、母への復讐《ふくしゅう》を誓った。

すずとの結婚をあきらめ従順になったように見せかけ、徹底的に母の目を欺いた。海を渡ってまですずに会いにいっていることは、秘書の鮫島以外誰も知らない。

鮫島はこの会社で唯一信じられる味方だ。もとは父の会社で働いていたのを、俺が直々に引き抜いた。もうすぐ四十になる彼は俺が高校生の頃からの知り合いだ。当時父の秘書だった彼は業務の補佐だけでなく、父子家庭の俺を何かと心配してくれていた。ときには食事を差し入れてくれたり、進路の相談に乗ってくれたりしたこともある。

気が利き誠実な性格も信頼できるし、何よりこの会社で母の息のかかっていない人物は重要だ。

俺は鮫島にだけは打ち明けた。社内クーデターを起こし母を退任へ追い込む計画を。もう母とわかり合うつもりはない。説得するつもりもない。俺がこの会社を去ることすら許さないというのなら、何もかも奪ってやる。それがすずとの三年間を奪われた俺の復讐だ。

すべてはすずとの幸せな未来のため。もう誰にも邪魔はさせない――はずだった。

順調に準備が進んでいく中で起きた、あり得ない事件。『ほずみ先生』なんてすずを捜す手段でしかなかったのに、まさかここへ来て足を引っ張る存在になるなんて誰が予想できただろうか。

くだらない。忌《い》ま忌《い》ましい。マスコミも、虚像の俺に纏わりつく見知らぬファンとやらも。俺とすずの幸せを邪魔する奴はみんな消えればいい。

ほずみ先生なんて茶番も、結婚の障害である母を排除するためのクーデターの計画も、すずを捜し結ばれるためだったのに。すべて裏目に出て虚しい努力は霧散《むさん》した。

それどころか未来は最悪な結末へと動き出そうとしている。母は俺と太陽の繋がりを社会的に断ち、すずにすべての責任を負わせようとしているのだから。

こんな状況で、すべてを捨てて逃げる他にどんな手段があるというのだろうか。

俺にはすずと太陽だけいればいい。次期社長の椅子も、復讐も、もうどうでもいい。

ただ、ただ……すずと太陽を守りたかった。けれど――。

『……やっぱり私、捨てたくない。ごめんなさい。もう少しだけ考えさせて』

差し伸べた手を、すずは取らなかった。

波の音と混じったすずの声が、今でも耳に残っている。夕焼けのオレンジ色に染まった顔が綺麗だった。

――すず。きみの世界はこんなに鮮やかで美しいのに、俺を色褪せた世界へ置いていくのか？

溢れそうな不安を喉の奥に押し込めて、取り戻したはずの笑顔を浮かべる。

『すずが後悔しない選択をしなよ。俺はどんな道を選んだってすずと太陽のそばに必ずいるから』

あのときの俺はうまく笑えていただろうか。

彼女と太陽の手を掴んで強引に攫ってしまえばよかった。すべてを捨てたって俺が幸せにしてみせるのに。

「……馬鹿だな。俺は」

暗く広い部屋でぽつりと、自嘲を吐き出す。

瞼を閉じ、再び深い海の底へ沈む。どうすればよかったのか答えが見つからない。

俺の最愛の人と子供。そばにいるべき存在なのに、何故俺たちの間には深く果てしない海が隔たっているのだろう。

◆

「いらっしゃいませー。お席こちらどうぞ」

週末。『ISOLA』のランチタイムは盛況だ。

最近ではすっかり温かくなったこともあり、釣りや登山目的の観光客が増えている。週末のランチタイムには、手の空いた『島吴』の従業員さんが手伝いにきてくれるほどだ。

これからのこと、考えなくちゃいけないことはいっぱいあるけれど、人間働かなくては食べていけない。それにジッと考え込むよりは体を動かしていたほうが前向きになれる。私はお客さんで賑わう店内を忙しく動き回っていた。

そんなときだった。入口のドアベルが鳴り、「いらっしゃいませー」と振り返った私の目に驚くべき人物が飛び込んできた。

「わ、超混んでる。ウケる」

今日も今日とてアイドルのような恰好でお店に入ってきたのは、なんと百花さんだった。テーブルを片付けていた私は目をまん丸くして固まってしまう。

「こんにちはー。ここ座っていい？」

百花さんは平然とした顔でこちらに近づいてくると、私が何かを言う前に目の前のテーブルに座った。

「ちょっ……、な、何しに来たの⁉」

思わず一歩後ずさり、声を潜めながらも彼女にそう尋ねる。すると百花さんはケロッとした顔で「遊びにきたんだけど？」と返した。

「すずちゃーん、ピザ運んでー」

紗代さんが呼ぶ声が聞こえ、私は慌てて厨房に駆け戻る。出来立てのピザをお客さんに運んでから、パンケーキを盛り付けている紗代さんに小声で話しかけた。

「も、百花さんが来てるんですけど……」

「ももか？　って誰だっけ……ん、えぇっ⁉　あのお騒がせ娘⁉」

紗代さんも目を丸くして声を上げる。あやうく手に持っていた苺《いちご》を落とすところだった。

「なんで？　何しに来たのよ？　警察呼ぶ？」

「いや今日はまだ何もしてませんから警察は……」

するとテーブルから「すいませーん、注文お願いしまーす」と厨房に向かって百花さんが手を振った。私と紗代さんは顔を見合わせたが、客としてテーブルに着いている以上無視するわけにもいかない。

「私が行ってくるから、すずちゃんパンケーキの盛り付けあとお願い」

百花さんがまた私にちょっかいをかけてくることを懸念し、紗代さんがオーダーを取りにいってくれる。私はハラハラした気持ちでパンケーキを盛り付け、ヘルプの従業員さんにそれを渡したところで紗代さんが戻ってきた。さっきよりさらに目をまん丸く見開いて。

「ど、どうしたんですか？」と尋ねると、紗代さんはオーダーのパニーニを作りつつ動揺しながら答えた。

「会いにきたんだって……」

「会いに？　誰にですか？」

「克典」

「……は？」

想像外の答えに、私は目を何度もしばたたかせる。

「なんか連絡取り合ってたらしいわ。まったく、克典は何を考えてるんだか。意味がわからないわ」

それはあまりにも驚きの展開だ。私はセットドリンクのミルクティーを淹れながら、厨房からこっそり百花さんを窺う。彼女はマイペースに前髪を弄りつつ、窓の外から海を眺めていた。


夕方になり、太陽を迎えに典代さんの部屋へ行った私は早速、百花さんのことを話した。

「私もさっき佳代から聞いて驚いたのよぉ。今夜はうちの旅館に泊まるんですって。克典が予約入れてたみたいで、ちっとも知らなかったって佳代も驚いてたわよ」

「えっ『島昊』に泊まるんですか？　……この前来たときお金ないって言ってたのに、大丈夫なのかな」

「それが、克典が宿泊代も船代も出したらしいわよ」

「ええっ！」

もはや目が点だ。いつの間にそんなことになっていたのだろうか。

……けど思い返してみると、前回一番百花さんの世話を焼いていたのは克典さんだったし、翌朝に港まで車で送っていってあげたのも克典さんだ。それなりに仲の深まる理由や機会はあったのかもしれない。

「まあ……お騒がせだったけど、悪い子ではなかったし……。克典さんが本気なら応援してあげたいですね」

百花さんはともかく、克典さんには私も随分お世話になった。彼は本当に面倒見がよく人がいいので、幸せになってほしいと思う。

「そうねえ……。ただあのお嬢さん、何かと危なっかしいから少し心配だわぁ」

『嫌だわぁ』ではなく『心配だわぁ』と言うところが、典代さんらしい。遠ざけるのではなくなんとかしてあげたいという心意気は、九十九一家の血筋なのだなとつくづく感じる。そのとき。

「ママ、たぁくんおなかしゅいたよー」

傍らで絵本を読んでいた太陽が、座って話し込んでいた私の腕を引いた。

「あ、ごめんね。すぐ支度するから」

時計を見ればもうすぐ午後六時。私は立ち上がりながら「よかったら典代さんも一緒に食べませんか」と声をかける。

「今日、常連さんたちに色々差し入れもらっちゃって。お魚とかお野菜とか。私と太陽じゃ食べきれないから、手伝ってもらえるとありがたいです」

「そう？　じゃあご相伴にあずかろうかしら」

典代さんは普段の晩ご飯は、旅館の従業員と一緒に賄いを食べている。『島昊』の賄いはセルフサービスのバイキング形式なので、突然予定を変更しても問題ない。典代さんは時々はこうして、私たちと一緒に晩ご飯を食べることがある。

私は太陽を典代さんに見ていてもらうとキッチンへ行き、バタバタと準備に取り掛かった。

まずはもらったメダイと菜の花。どちらも旬のものだ、おいしそう。それをひと口大に切り、オリーブオイルでソテーする。あとは茹《ゆ》でたフィットチーネと一緒にレトルトのクリームソースで和える。たったこれだけで春の優しい味のパスタの完成だ。

同時にもうひとつのコンロでは、同じくもらった春キャベツに新玉ねぎ、新ジャガイモに人参と、冷凍庫にあった鶏肉でポトフを作る。材料を切って圧力鍋を使えば、あっという間に野菜の甘みが溶け出したおいしいスープのできあがり。

二十分ちょっとで二品ができた。子供のご飯は栄養や味も大事だけどスピードも大事だと思う。お腹をすかせたまま待たせておけないし、何より毎日のことだ。ご飯作りがストレスにならないのも大事、というのが私の持論なのだ。

「太陽、おまたせ～」

お盆を持って部屋に入ると、絵本を読んでいた太陽は「やったーごはんー！」とピヨコンと立ち上がった。

テーブルにお皿を並べると「まあ、おいしそう。春らしくていいわね」と典代さんも目を細める。

「これは大人用の箸休めです」

典代さんと私の席の前にだけ、サッと湯掻いた菜の花に鰹節《かつおぶし》をかけたものを置く。好みでお醤油やポン酢をかけてもいいし、私は和風ドレッシングをかけたものが好きだ。

「いたぁきましゅ！」と手を合わせた太陽は、早速大好きなお魚にフォークを刺す。そして「おいしいねえ」とご満悦な顔を私に向けた。

「本当、おいしい。メダイの優しい味と菜の花のほろ苦さがクリームソースに合ってるわ」

「パスタソースはレトルトなんですよ。ほずみフーズのソースおいしいんですよね」

以前豪さんがほずみフーズのレトルト食品や冷凍食品を色々送ってくれたのだ。何かと私や太陽に贈りたがる豪さんだけど、正直これはものすごく重宝している。慌ただしいときにどれだけ助けられたことか。

やっぱりほずみフーズはお母さんやお父さんの……家族の味方だと思う。

豪さんは社長であるお義母様のことを『家族を捨てた』と話していたけど、そんな人とほずみフーズのイメージがうまく噛み合わない。商品は社長が直々に手掛けるものではないし、私が勝手に抱くイメージと実際の彼女が違うことはわかっているのだけど……。

「これ、ほじゅみせんせんのごはん？」

話を聞いていた太陽がこちらを見て小首を傾げる。

「えーっとね。パパが作ったんじゃなくて、パパの会社が作ったんだよ」

意味がわかるかなと思いながら答えたけれど、太陽は納得したように頷いてフィットチーネを口に運んだ。

「パパのかいしゃ、しゅごいねえー。パパもコロッケじょうずけど、パパのかいしゃもおいしいねえー」

太陽のその言葉が、なんだかとても胸に響いた。無邪気で、大人の確執《かくしつ》なんか何もわからなくて、だからこそ発せられる素直な言葉。

「たぁくんはー、パパのコロッケとー、ママのバナナパンとー、パパのかいしゃのごはんがすきかなー。あとー、おじしゃんのくれるおさしみとー、おばあちゃんのおいなりしゃんとー、さよおばしゃんのピザとー、ママのおうどんとー」

そう言ってニコニコしながら指を折る太陽に、典代さんが目を細めて頷く。

「ご飯って愛情よねえ。伝わりやすくて忘れられない愛情」

私は手に持っていたフォークを止めて「……愛情……」と典代さんの言葉を繰り返した。

頭に浮かんだのは、豪さんの顔。私の料理を初めて食べたときの、泣き出しそうなほど喜んでくれた彼の姿。

「特にね、子供の頃食べた味って忘れられないのよね。頭で忘れても舌が覚えてるなんて言うもの。太陽ちゃんにはいっぱいおいしいもの食べさせてあげたいわねえ」

太陽の口の周りについたソースを拭いてあげながら、典代さんが言う。

「……典代さん。私……私も、太陽においしいものいっぱい食べさせてあげたいです。太陽がどんな大人になって、どんな道を歩むかわからないけど、自分はたくさんの人に愛されてたんだってずっと覚えててほしいから」

太陽。いつもニコニコして周りを明るくしてくれる私の太陽。きっとこの子が本当の太陽のように輝けるのは、たくさんの愛情をもらったから。

私もそう。お父さんとお母さんが大切にしてくれたから、いつも笑顔でいられた。

その思いは大人になった今でも色褪せず、私から太陽へ引き継がれている。

——教えて、豪さん。あなたがずっと欲しがっていたもの。その最初の欠片は、いつ、誰がくれたものだったの？

七　温かな食卓

　その日、隠し子報道以来ずっと止まっていたほずみ先生のＳＮＳが更新された。

『ご飯を作るすべての人へ。本日午後六時より、ほずみ先生最後の動画配信を行います。ぜひ見てください』

　沈黙を破ったほずみ先生に、ＳＮＳはバッシングと応援の声でにわかに騒がしくなった。

　そうして迎えた午後六時。ライブ配信は一万人を超える同時接続数をもって始まった。

「こんばんは。ほずみ先生です」

　キッチンスタジオでそう挨拶するほずみ先生はエプロンはしているけれど、いつものように前髪で目を隠していないしマスクもしていない。前髪を上げ堂々と素顔を晒すその姿は、羽生田豪だ。

「しばらくの間、配信もＳＮＳも停止して皆さんにご心配をおかけしたことをお詫び申し上げます」

開放してあるコメント欄に次々と視聴者の声が書き込まれていく。初めて素顔を出したことに対する驚きや感想、真摯《しんし》な謝罪への返事。そして。

「今日は皆さんに紹介したい人がいます」

豪さんのその合図でエプロン姿の私と太陽がカメラの前に出ていくと、コメントがすごい勢いで流れ、視聴者数もさらに跳ね上がった。一応ふたりとも顔にはぼかしが入っているけれど、それでも私たちが誰なのかということは皆予想がついたみたいだ。

調理台の上にはリアルタイムで視聴者の反応が見られるように、ノートパソコンが設置してある。そこに表示される数字に慄きながらも、私は繋いでいる太陽の手をギュッと握り前を見つめた。

「僕の妻と息子です。理由があってまだ籍は入れていませんが、息子は正真正銘《しょうしんしょうめい》僕の子供です」

豪さんの紹介に合わせカメラに向かってペコリと頭を下げると、太陽もそれを真似してお辞儀《じぎ》をした。コメントはもう怖くて見られない。どうか心無いことを言われていませんように。

心臓が爆発しそうなくらいドキドキしている私と違い、豪さんは堂々として落ち着いている。この企画を言い出したのは私なのだからと自分を叱咤《しった》し、俯きそうになる顔をまっすぐに上げた。

「今日は料理の前に、少しだけ僕の話をさせてください」

豪さんはカメラを見据える。その向こうで見ている人に、視聴者に、ファンに、そして……母親に、語りかけるように。


——私が豪さんに配信企画を持ちかけたのは、二日前のことだった。

『豪さん、もう一回だけお義母様と話そうよ』

そう言った私に、彼は電話の向こうで『すず』と苦笑にも似た声で呼びかけた。

『すずが俺と母の仲を心配してくれてるのはありがたいけど……前にも言った通り、もう話しても無駄なんだよ。話し合いで解決する人なら、現状こんな有様になってない。母の支配が及ばないようにすることが、俺とすずと太陽が唯一幸せになる方法なんだ』

取り付く島もない。豪さんはもう母親との対話を完全にあきらめている。……確かに彼の話を聞く限り、簡単に説得できるような生易しい相手ではないだろう。けれど。

『豪さんは本当の気持ちをお義母様に話した？』

『ああ、何度も話したよ。すずと結婚したいって』

『そうじゃなく。……豪さん、本当はずっと寂しかったんじゃないのかな。本当は子供の頃みたいに、お義母様とお義父様と一緒に食卓を囲みたかっただけなのに、それが叶わないから学生の頃に荒れてしまったんだよね。その気持ちってお義母様に伝えたことある？』

思いきって尋ねると、豪さんは口を噤んだ。

電話なので彼がどんな表情をしているかはわからない。もしかしたら触れてはいけないことだったのかもしれない。怒らせてしまっただろうかとハラハラしたけれど、私はそのまま言葉を続けた。

『豪さん、前に私の料理が大好きだって言ってくれたよね。家庭的で温かくておいしいって。それってきっと……無意識にお義母様のご飯を思い出してたんじゃないかな。意識してなくても、子供の頃に刷り込まれた味ってなかなか忘れないものだよ』

渇望《かつぼう》には二種類あると思う。まるで知らないから憧れるものと、知っているからもう一度欲しくて恋い焦がれるものだ。前者が純粋な憧れなら、後者には執着が潜む。

彼が望んでいた料理――温かい家庭への憧れは、きっと後者に違いない。

『お義母様が忙しくなる前、豪さんが子供の頃は、きっと楽しい食卓を囲んでたんだよね。……伝えてみようよ。その時間が好きだったって。だから今度は自分が温かい家庭を築きたいんだって』

豪さんはしばらく黙っていた。やがて『……けど』と発した声はどこか悲しそうだったけど、反発する意思は感じられなかった。

『今更そんな話をしたって……多少の和解はできても現状を変えられるとは思えない。それでも母は会社の利益になる結婚を勧めるだろうし、会社の現状も変わらなければ他の親類や役員が向ける目も同じだ』

『変わるかもしれないよ！　だって私も太陽も、まだお義母様と何も話してない。それに豪さんにはほずみ先生っていう大きな力があるでしょ』

すかさず答えた私に、豪さんは『……どういうこと？』と不思議そうに問う。

『ほずみ先生の動画配信をしよう。私と太陽も一緒に参加する。そこで全部打ち明けるの。私たちがどうしてこうなったかも、豪さんが温かい家族を作りたい気持ちも。忘れられないお料理と一緒に』

お義母様に本当の気持ちを打ち明け、豪さんに対する消費者の誤解を払しょくし、ほずみフーズのイメージの回復を図るにはこれしかないと思った。

豪さんはもちろん反対した。私と太陽を矢面《やおもて》に立たせたくないと。けれどどちらにしろこのままじゃ手詰まりだ。嘘の発表をしたって、お義母様の意に沿わないことをしたって、どのみちなんらかの矢面に立たされる日が来る。

ならばバッシングされたり非難されたりする前に、こちらから堂々と出たほうが正当性を主張しやすくなる。

それにこれは豪さんだけの問題じゃない。私と太陽の未来もかかっているのだから、私たちも共に矢面に立つことは間違っていない。

『立ち向かおう、豪さん。お義母様も、会社の人も、ファンも消費者も、みんなほずみフーズが好きならきっと伝わるよ。ただ普通の……温かい家庭を築きたいんだって、家族で笑って食卓を囲みたいんだって。私と太陽と一緒に一生懸命伝えようよ』

説得には骨が折れた。けれど豪さんにも思うところがあったのか、最終的に私と太陽の顔は隠すということで納得した。

それからはお義母様や会社の人に気づかれないよう注意しつつ、速やかに撮影の準備が進められた。私と豪さんは入念に打ち合わせをし、太陽にも本番当日に戸惑わないようしっかり説明をした。

そして撮影当日。午後一の船便で本州に到着した私と太陽は、豪さんの秘書の方が迎えにきた車に乗って渋谷《しぶや》にあるスタジオキッチンへと向かった。太陽が緊張しないように撮影の環境によく慣らし、夕方に合流した豪さんと最後の打ち合わせを兼ねてリハーサルをする。

午後五時、SNSに配信予告。本当はもっと早く告知したかったけれど、お義母様が気づいて止めにくる可能性も視野に入れてギリギリの時間となった。

けれど、止めにこられるのは困るけどお義母様に観てもらわなくては意味がない。そこは豪さんの秘書である鮫島さんが、時間になったら配信を視聴するよううまく誘導するとのことだ。

着々と準備が進んでいく中、豪さんはまだ不安が拭えていないようだった。こんなことで現状が変わるのか、私と太陽にリスクを負わせてまですることなのだろうかと、迷いがあるみたいだ。けれど。

『ママ、パパ、これおいしいねえ。たぁくんこれだいしゅき』

リハーサルで作った料理を味見した太陽がそう言って満面の笑みを浮かべると、豪さんの中に残っていたためらいが消えた。

豪さんはモグモグしている太陽のほっぺを優しく撫でて言う。

『うん、おいしいだろう？　これはね、パパが子供のときによく食べてた料理なんだ。パパのママ、太陽のお祖母ちゃんの得意な料理で……パパの大好物だったんだ』

遠い昔を思い出して語る豪さんの目はとても優しかった。……私を見つめるときの太陽に、少し似ていると思った。

『パパにもママがいるの？』

キョトンとして聞いた太陽に、豪さんが小さく噴き出す。

『そりゃいるさ。……って、今まで太陽に話したことも会わせたこともなかったもんな。ごめんな。太陽には三人のおばあちゃんがいるんだよ。ひとりはいつも面倒を見てくれてる九十九の典代さん。もうひとりはお空にいるママのママ。それから、まだ会ったことのないパパのママだよ』

『パパのママはーたぁくんのことしゅきかなあ？』

いつもみんなに大好きと言われて自己肯定感の高い太陽の質問に、豪さんも私もたまらず笑い出す。

『そうだね。会ったらきっと太陽のことが大好きになる。だって太陽は世界一可愛いもんな』

豪さんが抱きしめると、太陽は嬉しそうに大きな笑い声を上げた。そして『たぁくんもパパのママだいしゅきかも。だっておりょうりおいしいから！』と小さな手でパパの背中を抱きしめ返した。

——母から子へ、子から孫へ。細くて消えかかっていた絆《きずな》の糸が、固く結び直されたような気がした。

「今日のメニューは『包丁いらずの簡単パイシチュー』です。この料理は僕が子供の頃、母がよく作ってくれたものです」

豪さんはカメラに向かって語りかける。お義母様に、視聴者に。

その真剣な様子を、私は固唾を呑んで見守った。

「皆様もご存じの通り、僕の母は現ほずみフーズグループ社長の穂積操です。僕が幼い頃、我が家はとても幸せで、親子三人笑顔でテーブルを囲んでいました。母は僕の好物をよく作ってくれて……それは必ずしも高級だったり、手のかかるものではなかったけど、僕を喜ばせようとする気持ちに溢れた料理でした」

気のせいだろうか、視界の隅に映っていたパソコンの画面のコメントが勢いを緩めたような気がする。もしかしたらみんな、彼の話に真剣に耳を傾けてくれているのかもしれない。

「僕は母の料理が好きだった。父と母と囲む食卓が好きだった。家族のことが……大好きだった。けど、僕が五歳になると曾祖父が亡くなって母が会社の役職に就き、状況は一変しました。多忙を極めた母が料理を作ることはなくなり、それどころか三人でテーブルを囲む日さえなくなった。そしてだんだんと母との関係が壊れていったのです」

そのとき、スタジオの入口のほうが何やら騒がしくなった。ドアをドンドンと叩く音と言い合っている声が聞こえる。

どうやら、ライブ配信を知ったお義母様の命令で誰かが止めにきたようだ。もちろんこちらはそれを想定していたのでドアは施錠《せじょう》してあるし、スタッフも邪魔をさせないよう説得にあたっている。けれどやはり、ものものしい雰囲気にハラハラせざるを得ない。

そんな中でも豪さんは、ドアのほうを一瞥するどころか言葉を途切れさせることなく続けた。

「子供と過ごす時間がなくなった不安からか母は支配的になり、僕はそれに強く反発しました。大人になった今でも確執は形を変えて続いていて、それはついに僕の結婚話にまで及びました」

『結婚』という単語が出た瞬間、カメラ越しに私と太陽に大勢の視線が向けられた気がした。ドキリとして自然と背筋が伸びる。

「僕はここにいる彼女と偶然出会って恋をしました。彼女はいつだって明るくて、優しくて強くて、一緒にいると世界が色づくような素晴らしい女性です。とても愛しています。ずっと冷めていた僕の心を温めてくれたただひとりの人。彼女が僕のために初めて料理を作ってくれたとき、自分がずっと欲しかったものを与えられた気がしました。温かくて気持ちが籠もっていて、笑い合って囲む食卓。本当に……嬉しかった」

四年前のバレンタインの夜、あのとき感激していた豪さんがどんな気持ちだったのか、今ならよくわかる。切なさと愛おしさが込み上げてきて、私は密かに唇を噛みしめた。

「僕は彼女と結婚し人生を共にしたいと強く思いました。彼女となら必ず温かい家庭を築けると、そう思ったんです。しかし母は反対でした。理由は僕に会社の利益になる政略結婚をさせたいから。一般人の彼女は僕に相応しくないという理由でした。話し合いは決裂し、母は僕を上海の支社へ飛ばし物理的に彼女と引き離し……一切の連絡が取れないまま三年の月日が流れました」

そこまで話した豪さんが身を屈めて太陽を抱っこする。退屈しかけていた太陽はパッと笑顔になり、ギュッと豪さんに抱きついた。

「僕たちが離れ離れになっていた間に生まれたのがこの子です。間違いなく血の繋がった、かけがえのない息子です。隠し子なんかじゃない。こんなに可愛くて愛おしいのに、僕は三年もこの子にパパのいない生活をさせてしまった。……ごめんね」

顔を押しつけるように、豪さんは太陽を強く抱きしめる。太陽は目をしばたたかせると、彼の頭を小さな手で撫でた。

「いいよー。ごめんねできたから、たぁくんおこってないよ」

その無邪気な言葉に、私も周りのスタッフも小さく笑う。太陽がいけないことをして反省したとき『ちゃんとごめんなさいできたから、ママ怒ってないよ』というのは私がよく言い聞かせていた言葉だ。まさかこんなときにそれを真似されるなんて。

過去の遺恨《いこん》から表情をずっと引き締めていた豪さんの顔も、ふっと緩む。「うん、ありがとう。太陽は優しいね」と小さな頭を撫で返すと、再びカメラのほうを向いた。

「日本に帰ってきた僕は半年前に彼女と再会し、子供の存在を初めて知りました。僕と連絡も取れないままたったひとりで大きなお腹を抱え、息子を産み育てた彼女の不安と苦労を思うと、どんなに詫びても詫び足りません。けど彼女は息子をこんなに優しい子に育ててくれた。……彼女は本当に強くて温かくて、世界一最高の女性です」

頬を染めて微笑んだ豪さんが私に目を向ける。いつものことだけど、さすがにカメラの前で愛の籠もった視線を投げかけられるのは恥ずかしくて、照れながらオドオドしてしまった。

豪さんは視線をカメラに戻すと、再び真剣な眼差しを向けて呼びかけた。きっと見ているだろう、お義母様に向かって。

「穂積社長……いえ、母さん。あなたがどれほど反対しようと、僕は今度こそ彼女と結婚します。僕は彼女と息子と温かい家庭を作ってみせる。昔の我が家のように笑って食卓を囲む幸せな家庭を」

豪さんが一礼したのに合わせて、私もカメラに向かって頭を下げる。

そしてスタジオにはほずみ先生のイントロが流れだし、画面には『ほずみ先生のお料理チャンネル』の文字が入った。私と豪さんは顔を合わせ頷き合うと、料理の準備に取り掛かる。

「今日は『包丁いらずの簡単パイシチュー』を作ります。包丁を使わないので忙しい方にも、小さいお子さんと一緒に作るのにも最適なメニューです。材料はこちら」

豪さんの紹介に合わせて、私は材料をひとつずつ調理台へ並べていく。

コーンの缶詰、カットマッシュルームの缶詰、チーズ入りウインナー。それにバターと牛乳。そして。

「コーンクリームシチューのルーと、冷凍パイシート。これを使って簡単で楽しいシチューにしていきます」

もちろんほずみフーズの商品も忘れない。便利でおいしい、家庭料理の味方だ。

「缶詰の水を切り、材料をバターで炒めていきます」

コーンとウインナーは子供の大好物だし、マッシュルームはシチューと相性抜群の具材だ。包丁を使わないのに子供も大人も楽しめる具材をチョイスするお義母様のセンスは素晴らしいなと思う。

軽く炒めた材料に牛乳を加え、温まったらルーを少しずつ入れていく。あっという間においしそうなシチューができあがった。忙しい人でも作れるスピードメニューだ。

けれど、このメニューが素晴らしいのはこれから。

「ここからは小さな助手にお手伝いしてもらいます」

シチューの粗熱をとっている間に、私は解凍したパイ生地をキッチンばさみでカットする。そして太陽が麺棒《めんぼう》をコロコロと転がして、パイ生地を薄くしていく。ようやく自分の出番が来て、太陽は大張り切りだ。

まっすぐ麺棒を転がせなかったり、生地を薄くしすぎてしまったのもご愛敬《あいきょう》。誇らし気に生地を見せる太陽に、私も豪さんもスタッフも顔を綻ばせた。

粗熱のとれたシチューをカップに移し、今度はそれにパイ生地で蓋をする。もちろんこれも太陽の出番。倒れないように豪さんが支えてくれているカップの縁に、太陽は真剣な表情でパイ生地をくっつけていく。親子の連係プレーみたいで楽しい。

最後は被せたパイ生地に卵黄を刷毛で塗る。これは家でハムエッグパイを作ったときにもやった作業なので、太陽は得意だ。

「上手だね、太陽。綺麗に塗れたね」

「たぁくん、がんばったよ。ママとやったことあるからー……じょうずかも」

やり遂《と》げた太陽は満足そうだ。顔についていた卵黄を拭いてあげると、嬉しそうに私に抱きついてきた。

「パパも子供のとき仕上げのこの作業が好きで、よくやらせてもらったんだよ」

そんな昔話を豪さんが何気なく零す。彼の口から初めて楽しかった思い出話を聞いたかもしれない。

そうして温めておいたオーブンにパイシチューを入れ十分少々焼けば、ふんわり膨らんだパイの帽子をかぶった可愛いシチューのできあがり。

オーブンから取り出したとき、その愛らしい見た目に太陽は感激で瞳を輝かせていた。辺りにはシチューとパイのバターのいい香りが漂う。優しくて香ばしくて、食欲をそそる匂い。思わずお腹が鳴ってしまいそう。

「『包丁いらずの簡単パイシチュー』のできあがりです」

豪さんがレシピのおさらいをしている間、テーブルにパイシチューを運びスプーンを用意した。ほずみ先生のお料理チャンネルでは作るだけでなく、その後の試食もちゃんと行う。

そうして三人並んで席に着き、出来立てのパイシチューに「いただきます」と手を合わせた。

「熱いからよーくフーフーしてね」

「ママ、シチューのおぼうしたべていいの？」

「いいんだよ。スプーンで割ってね」

「かわいそうじゃない？」

「大丈夫だよ。シチューさんはお帽子もおいしく食べてほしいって」

「太陽は優しいなあ」

そんな会話を交わしてから、太陽はパイにスプーンをそっと刺す。パリパリッと崩れていく感触が楽しかったのか、キュッと口角を上げて笑顔になった。

フーフーして冷ましたシチューをひとくち食べて、太陽は両手でほっぺを押さえる。おいしくて感激したのと、まだちょっと熱かったらしい。

「おいしいねえ。たぁくんシチューだーいすき」

「うん、本当においしいね。太陽がいっぱい手伝ってくれたからだね」

コーンがいっぱいの優しい味のシチュー。マッシュルームとも、チーズの入ったウインナーとも相性抜群だし、バターの利いたパイと絡めるとまたひとしおのおいしさだ。

「大人向けには黒胡椒を足してもいいし、アレンジ具材で冷凍のブロッコリーやカボチャなんかを使ってもおいしいです」

食べながらも豪さんは視聴者に向かってアドバイスする。こういうところはやっぱりほずみ先生だなと思う。

ぺろりと食べ終えた太陽は満腹そうに「ごちしょうしゃまでした」と手を合わせると、隣に座る私の袖を引いて言った。

「たぁくん、これしゅきだからーまたつくろ」

「うん、そうだね。帰ったらまた作ろう」

「あのねーおばあちゃんとかーさよおばしゃんとかにもーつくってあげる」

これは親の欲目だろうか、自画自賛《じがじさん》だろうか。太陽は本当に優しい子に育ったなと私は胸を熱くする。

自分の作ったおいしいものを大切な人たちにも食べさせてあげたいという優しい思いに感激していると、太陽は今度は反対側に座る豪さんを向いて言った。

「パパのいちばんしゅきなごはん、たぁくんもしゅき。たぁくんはーママのパンもしゅきでー、パパのコロッケもしゅきでー、パパのママのシチューもしゅきでー……いちばんがいっぱいかも……」

それを聞いた豪さんの瞳が、一瞬揺れた。

「うん。……そうだね」

彼の手が、大切そうに太陽の頭を撫でる。それを見ていた私はたまらない気持ちになって、椅子から立ち上がるとカメラに向かって話し出した。

「私もこのシチューとっても好きです。お手軽なのに子供が喜ぶ工夫がしてあって、すごく子供のことを考えて作ったんだなって気持ちが伝わるから。ご飯は伝わりやすくて忘れられない愛情だって、私の恩人が言っていました。私もそう思います。私もこんなふうに優しい料理を息子にいっぱい作ってあげたい。息子が大きくなっても、家族で食卓を囲んだ時間を思い出して幸せになれるような、そんな料理を食べさせてあげたい。穂積社長……お義母様。どうか豪さんと私の結婚を許してください。息子にパパを、家族で食卓を囲む幸せをください」

配信を観ているのは豪さんの母だけではないというのに、私はカメラに向かって切々と訴えていた。どうかこの光景が……豪さんの、太陽の、私の思いが届くことを祈って。

「すず」

するとと豪さんも椅子から立ち上がって、カメラに向かって深々と頭を下げた。

「視聴者の皆さん。ほずみフーズに関わる方々。それから穂積社長。今日でほずみ先生の配信は終わりです。今日まで百を超えるレシピを発表してきましたが、最後に一番素晴らしい料理を紹介できたと思っています。人間が生きる限り、食事は欠かせません。それは単なる栄養補給だけでなく、最も身近な悦びであることはこの動画を観ている方々なら理解されていると思います。食事は安らぎであり楽しみであり活力でもあります。ほずみフーズは創業以来、ずっと家庭での食事に寄り添ってきました。これからもあなたのテーブルに幸せを添えるお手伝いをすることを、次期社長である羽生田豪と全社員はお約束いたします。──そして最後に、ほずみ先生の料理が誰かのテーブルに幸せを添えることができたのならば光栄です。ご視聴ありがとうございました」

そう締めくくった豪さんは、最後にもう一度礼をする。私も太陽を抱き上げ一緒に頭を下げると、太陽は「またねーばいばい」と笑ってカメラに手を振った。

この日の配信は話題を呼び、ネットニュースでも取り上げられた。

けれど隠し子報道やリボンちゃん事件のときと違うのは、豪さんやほずみフーズへのバッシングがほとんどなかったことだ。視聴者の多くが豪さんの声を真摯に受けとめてくれただけでなく、私や太陽への応援も多く見られた。

配信の影響でほずみ食品のシチュールーや冷凍パイシートは通常より売れ、SNSでは「ほずみ先生今までありがとう」のタグと共にパイシチューの画像がたくさん上がる現象まで起きた。ほずみ食品の副社長は女性や子供を蔑ろにしているという理由で不買運動をしていた人はもう声を上げず、ほずみ食品のイメージは完全に回復したと思っていいだろう。

すべては視聴者と誠実に向き合った豪さんのおかげだ。

ほずみ先生の熱烈なファンは彼の引退を悲しんでいたけど、もう怒りの矛先《ほこさき》を私たちに向けることはないと思う。何故なら「ほずみ先生のあんな〝パパの顔〟見ちゃったら、もう怒るに怒れない」なんて呟きが、多くの共感を呼んでいたからだ。

それから、顔を隠していたにもかかわらず太陽の無邪気な姿に絆される人も多かったみたいだ。「可愛い！」の声と共に動画から切り取った太陽の画像があちこち出回ったのはちょっと複雑だけど……。今回の配信に温かい声が多いのは間違いなく太陽がひと役買っている。子供の効果はすごいなと密かに思った。

——そして。

【三園さんと太陽に一度会わせなさい】

豪さんにお義母様からそんなメッセージが届いたのは、配信が終了したすぐあとのことだった。

「すず……やったよ。ありがとう。全部きみのおかげだ。本当に……ありがとう」

私を抱きしめて、豪さんは噛みしめるようにそう言った。

二十年以上途切れていた母子の絆。子供の頃以来、初めてお義母様が耳を傾けてくれたことはとても大きな変化で、ようやくここから母子の絆が結び直されるのだと思う。

それでも、まだ歩み寄り始めたばかりだ。すぐには何もかもうまくいかないかもしれない。長い時間がかかっても、私たちが家族になることを認めてもらう覚悟でいなければと心構えをしたときだった。

再び送られてきたお義母様のメッセージを見て、私と豪さんは顔を見合わせる。

【太陽は他にどんな料理が好きなの？　用意しておいてあげるから全部教えなさい】

……どうやら、雪融けは思ったより早そうだ。

思わず笑い合った私と豪さんを見て、太陽が「どうしたの－？」とくっついてくる。

「よかったね、太陽。パパのママがご馳走いっぱい作るから会いにおいで、だって」

「えー。たぁくん、おたんじょうびじゃないのにごちしょう……パパのママはしゅごいねえ。たぁくん、はやくあいにいかなきゃ」

そう言って嬉しそうに笑う太陽は、まるで春の日差しだ。豪さんはそんな太陽を抱き上げ、愛おしそうに微笑む。

冷たく厚かった雪は、きっともうすぐ融ける。

八　鮮やかな未来

十月。

島の南にあるホテルのガーデンは、今日は結婚式仕様に彩《いろど》られている。

海をバックにした最奥には黄色の花と白いリボンでできたアーチの祭壇《さいだん》があり、会場全体にも黄色をベースにした花や風船が飾られている。

集まった人たちは並べられた椅子に座り、主役たちの登場を今か今かと待っていた。

「それじゃあ、そろそろ行こうか」

白のタキシードに身を包んだ豪さんが、私と太陽に向かって言う。

「うん。ちょっと緊張する」とウエディングドレス姿の私が胸を押さえると、子供用の白いフォーマルスーツを着た太陽が「ママ、かわいいからだいじょうぶ」と励ましてくれた。

スタッフの人が合図をすると、会場に音楽が流れ出す。私と豪さんは太陽と手を繋ぎ、控室からガーデンへ出て祭壇へと向かった。

私のドレス姿に「わぁ、すずちゃん素敵！」「本当、綺麗！」と声を上げたのは紗代さんと佳代さんだ。

「すずちゃん、太陽ちゃん、本当によかったわねえ」

典代さんはそう言って早速涙ぐんでいた。その姿に私も目頭が熱くなる。

母親のいない私は今日のベールダウンを典代さんにお願いした。妊娠が判明したときからずっと私を支え、励まし、力になってくれた典代さん。彼女は私にとってもうひとりのお母さんだと思っている。

そんな彼女の祝福の涙が、もらい泣きしそうになるほど嬉しい。

そして、九十九家と反対側の席に座るのは——。

「可愛いわね、太陽は。豪の小さいときにそっくり」

「うん。豪も大きくなったな。素敵なお嫁さんと子供がいて、立派になったもんだ」

豪さんのご両親だ。揃って出席してくれたふたりは、息子の晴れ姿と孫の愛くるしい姿に目を細めている。

私たち三人が祭壇へ着くと音楽が止まり、少しだけ厳《おごそ》かな雰囲気が漂った。太陽は打ち合わせ通り、典代さんの席の隣に座る。

祭壇で待機していた牧師様が聖書の愛の教えを朗読し、豪さんと私に誓いを問いかける。

「新郎、羽生田豪さん。あなたは三園すずさんを妻とし、健やかなるときも病めるときも命ある限り愛することを誓いますか」

「誓います」

「新婦、三園すずさん。あなたは羽生田豪さんを夫とし、健やかなるときも病めるときも命ある限り愛することを誓いますか」

「誓います」

海と山が望める会場。きっと海の神様も山の神様も、私たちを見守ってくれているに違いない。

私たちは神様と大切な人たちの前で誓いを交わし、指輪を交換した。そして澄み渡る青空と輝く太陽の下で、永遠の愛を誓うキスを交わした。

海風がベールを靡かせ、手にしていたブーケの花びらを舞い散らす。

「……綺麗だよ、すず。世界一綺麗だ」

陽光を映し込んで煌《きら》めく瞳で、豪さんが私を見つめる。出会ったときから恋に染まっていたその眼差しは、何年経っても色褪せない。

「愛してる、豪さん」

大きな大きな彼の愛に愛の言葉を返せば、もう一度唇が重ねられた。

「愛してる、すず」

幸せに満ちた笑みを浮かべる彼に、私もはにかんだ笑顔を向けた。

——天国のお父さん、お母さん、見てる？　私、夢が叶ったよ。大切な人たちに祝福されて、心から愛する人と結婚したの。私と豪さんと太陽、本当の家族になったんだよ。


ほずみ先生最後の配信から半年、色々なことがあった。

私と太陽がお義母様に初めて会いにいったのは、配信の翌週のこと。

さすがに諸手を挙げての歓迎、というわけではない。私との結婚に反対して息子を海外に軟禁までしていたぐらいなのだ。そう簡単に受け入れられないのは当然だろう。

けれどそれでも、お義母様は私の話を聞いてくれた。私がどんな家庭で育って、どんな人間なのか。どうして豪さんと結婚したいのか。一度も話を遮ることなく聞いてくれた。そして豪さんが『あの配信を考えたのはすずだよ』と言うと、目を閉じ深く考える様子を見せてから問いかけた。『あなたにとって料理とは、何？』と。

『親から子へ、子から孫へ。大切な人に受け継がれていく、忘れられない愛情だと思います』

その答えがお義母様の聞きたかった正解なのかはわからない。けれど。

『いいご両親に育てられたのね』

そう言ったお義母様は、その日初めて私に笑顔を見せてくれた。

話し合いのあと、お義母様はメッセージで言っていた通り太陽の好物をたくさん用意してくれた。お刺身に魚のフライ、コロッケにハムエッグパイにピザ、バナナトーストまで。それも全部手作りだ。

もちろん太陽は大喜び。しかも事前に太陽はお魚と船が大好きだと聞いていたお義母様は、お魚のぬいぐるみと船の絵本までプレゼントしてくれたのだ。……豪さんが私や太陽に過剰に贈り物したがるのって、もしかして血筋？

もともと人懐っこい太陽は、自分のためにご馳走とプレゼントを用意してくれていたお祖母ちゃんをあっという間に好きになった。そのうえ『お祖母ちゃんって呼ばれるのは老けそうで嫌だわ。グランマと呼んでちょうだい』と言われ、素直に『たぁくん、グランマってよぶね』と受け入れるのだからびっくりだ。

手強いお義母様が孫に絆されるとは思っていなかったけど、太陽の可愛さが私たちの潤滑油《じゅんかつゆ》になってくれたことは間違いない。

『太陽はどんなことが得意なの？』

『たぁくんねーなんでもとくい。おえかきもじょうずってママゆったし、けんけんぱーもできるし……あと、なかないからつよい』

『あら、お絵描きが上手なの？　じゃあ今度グランマのお顔も描いてちょうだい。美人にね』

『いいよー。たぁくんおえかきちょうもってるから。あとね、あと、おりがみできる』

『手先が器用なのね。そうだわ、グランマがピアノ買ってあげようか』

『お義母様、ピアノは置くところがないので……』

結婚を許すという言葉はこの日聞けなかったけれど、グランマを自称したお義母様が反対することはないと私も豪さんも思っていた。あとはもう少しだけ時間をかけて、お義母様が受け入れていくだけだ。豪さんが……息子が自分で選んだ未来を。

そうしてお義母様がはっきりと結婚を認めてくれたのは二ケ月後、梅雨に入った六月のことだった。

その頃私は豪さんの父にもご挨拶に伺った。お義父様はお義母様とは打って変わって柔和な雰囲気の方だった。貿易会社の役員をされてるだけあって壮年らしい貫禄はあるのだけど威圧的ではなく、誠実さが滲み出ている人柄だった。

多少強引であっても気持ちを行動で表すお義母様と、誠実なお義父様。なるほど、豪さんはこの両親から生まれたのだなとものすごく納得した。

お義父様は息子の意思を尊重し、私との結婚には最初から賛成だった。実際に顔を合わせても『優しいお嬢さんを伴侶にできて、可愛い子供にも恵まれて、豪は幸せ者です。この子の母が大変ご迷惑をおかけしましたが、どうか豪と末永く連れ添ってやってください』と言ってくださったほどで、私は豪さんに頼もしい父親がいたことがなんだか嬉しかった。

披露宴のほうは来年の春を予定している。こちらは主に豪さんの会社関係者へのお披露目になるので、結婚式とは反対に盛大なものになりそうだ。

打ち合わせをしていると、日本有数の大企業・ほずみ食品の次期社長の妻になるのだという緊張感がひしひしと湧く。招待客候補のリストには取引先である有名企業の役員だけでなく、新聞社や政界の関係者まで名を連ねていた。

豪さんは『結婚してもすずはすずのままでいいんだよ』と言ってくれたけれど、やはりそうもいかないと思う。平々凡々もいいところな凡人の私だけど、豪さんの隣に相応しくなる努力くらいはしたい。

今更ながら私は業界の勉強を始め、一通りのマナーも学ぶことにした。豪さんにそのことを相談すると、『俺のためにすずが頑張ってくれるのはすごく嬉しいよ。けど無理はしないでくれ』と言って、参考になる書籍を贈ってくれたりマナーの講師をわざわざ島まで派遣してくれた。ときには彼自ら業界の関係図を説明してくれたりもした。

まだまだ付け焼き刃もいいところだけど、十年、二十年後には彼の隣にいても遜《そん》色《しょく》ない妻になりたい。焦る気持ちもあるけど、人生はまだ長いのだから気長に努力していこうと思う。

お義母様が結婚を正式に認めてくれたことで、私に好意的な目を向けていなかった他の親類の人たちの態度も軟化したそうだ。中には以前のお義母様のように、なんの利益もない結婚だと渋い顔をする人もいたみたいだけど、例の動画のおかげでほずみ食品のイメージが挽回《ばんかい》され、売り上げも伸びたことを知ると口を噤んだとか。

それに何より『豪の母で社長の私が決定したんだから周りにはごちゃごちゃ言わせないわよ』と言い切ってくれたお義母様の圧がすごい。さすが女性の身で三十代から会社のトップに立っていただけある。……豪さんがお義母様に手こずっていたのもよくわかる。

さらに次期社長の座が確定している豪さんも睨みを利かせているのだ。この母子が守ってくれる限り、私と太陽が穂積一族や会社のいざこざに巻き込まれることはないだろう。

お義母様も怖い人だけど、じつは豪さんも親類や会社関係者の間ではかなり怖がられているっぽい。結婚式の打ち合わせで本州へ行ったものの豪さんの仕事が長引き、会社の応接室で待たせてもらったことがあったのだけど、そこで偶然見てしまったのだ。私の前では見せないような厳しい表情をして廊下を歩く豪さんと、彼に恐々と話しかける年配の役員男性の姿を。もちろん私の前に来たときには豪さんはいつもの柔らかな笑顔で、尻尾を振る大型犬のように可愛かったけど。

あとからこっそり秘書の鮫島さんが教えてくれたのだけど、豪さんは昔から目つきが悪く無口なうえ愛想が悪いどころか不機嫌がデフォルトだったらしい。あの不愛想なほずみ先生の姿のほうが、よっぽど素の彼に近いと。おまけに学生時代は理由があったとはいえ近隣の学校に名を馳せるほど喧嘩が強かったとか。

今は有能な副社長の顔をしている豪さんだけど、どうにもそういう〝怖さ〟が見え隠れしてしまい、文字通り彼が睨みを利かせると憎まれ口を叩いていた親類や役員も口を引き結んでしまうのだそうな。

『昔からもっと愛想をよくするよう注意してるんですけどね。気を抜くと目つきが悪くなっちゃうんですよ。なのに奥様やお子様といるときだけは目尻が下がりっぱなしなのだから、おかしなものです』

鮫島さんはそう言って苦笑した。もう十年以上の付き合いになるという彼は、どうやら豪さんのよき理解者のようだった。

その話を聞いて、私は豪さんがリボンちゃん事件のときにのぞかせた顔を思い出す。

……なるほど、あんな感じがデフォルトだったら周囲はさぞかし怖いだろうな。

『けど最近は普段の表情もかなり和らいできたんですよ。奥様とお子様がいつも笑顔でいらっしゃるから、影響を受けたのかもしれませんね。きっとあと数年もすればお父様に似た温和な面立ちになられるでしょう』

私もそんな予感がすると思い、鮫島さんの言葉に深く頷いた。だって豪さんは相変わらず私の前では目尻が下がりっぱなしだし、太陽の前ではいつだって幸福な笑顔が咲いているんだもの。

散々迷った結婚後の住居については、三人で浜松町で暮らすことに決まった。島を出ることに、もちろん大きなためらいはあった。けれどやはり豪さんに日常的な不便を強いるわけにはいかない。ようやくお義母様も親類の方たちも認めてくれた結婚なのだと思うと、彼の仕事に差し障りが出ることは避けたかった。

その代わり、豪さんと相談して新居は埠頭公園に近いマンションを買うことにした。最上階の部屋からは海だけでなく、遠目には島も見える。太陽の大好きなお船だって窓から見えるし、行こうと思えば船に乗ってすぐ島に行ける。お休みの日は気軽に遊びにいくつもりだ。

自然豊かでのんびりとした島の生活を手放すのは寂しかったけれど、仕方がない。私も太陽も豪さんという家族を得たのだ。彼と共に生きることは、他の選択肢と比べものにならないほどかけがえがない。この選択をしたことに後悔がないよう、私たちは精いっぱい幸せになる。そう心に決めた。

島を離れることで一番心配だったのが、典代さんのことだ。ずっと私を支え励ましてくれた母親みたいな人。太陽にとっても本当のお祖母ちゃんみたいな存在だ。

太陽も彼女と離れることを悲しむだろうけど、子供にはこれからたくさんの出会いがある。寂しさから立ち直る日は、きっと遠くない。

けど典代さんは違う。仕事から身を引いた彼女は、太陽を孫のように可愛がりお世話することが生き甲斐であるように見えた。その役割を失ってしまったら落ち込むだけでなく、年齢的に心身が著しく衰えることもあり得る。

そのことが心配でずっと島を離れる決断ができないでいたある日、思いも寄らないビッグニュースが飛び込んできた。

それは結婚式まであと三ヶ月となった夏の日。

またもや百花さんが島へやって来たと思ったら、克典さんは母の佳代さんはじめ九十九家の女性陣を集めて話がしたいと言い出したのだ。

私もこっそりその光景を見ていたのだけど、克典さんはモジモジしてなかなか口を開かず、業を煮やした百花さんの言葉に、その場にいた全員がひっくり返りそうになった。

『あたし克ちゃんの子供できたんですけど。お金ないし、結婚するからここに住んでいいですかー？』

『えぇえぇえっっ⁉』

驚きの声が廊下に響き渡ったけれど、度肝を抜く報告はそれだけではなかった。

『ほ、本当なの⁉　克典！』

『……です。もうすぐ三ヶ月、しかも双子だってさ』

『双子⁉』

突然の授かり婚宣言。しかも双子。一気に家族が三人増える超ビッグニュースに、典代さんも佳代さんも紗代さんも驚きすぎて目をまん丸くしていた。

まだ二十歳前の、なんとも危なっかしい妊婦の百花さんに心配と不安の声もあったけれど、九十九家の血を引く新たな命の芽生えに、結局はみんな大喜びだった。

百花さんは都内でフリーターをしながらひとり暮らしをしていて、収入を推し活につぎ込み安定しない生活をしていた。克典さんに会ってからは推し活をやめたものの、代わりに島への交通費とデート代にお金を使い相変わらず不安定な暮らしをしていたそうだ。食事も適当で、自炊などしたこともないらしい。

それを聞いて佳代さんも典代さんも『今すぐうちへ引っ越してらっしゃい！』と声を揃えた。彼女の体も心配だし、お赤の赤ちゃんのことを考えれば当然である。

そんなわけで百花さんは今、九十九家で暮らしている。籍だけ入れ、結婚式は出産後に改めてするそうだ。出産予定日は二月らしい。

百花さんは体に障りのない範囲で『島昊』のお手伝いをしている。マイペースなうえ妊娠や赤ちゃんの知識が何もない彼女のことを佳代さんはもちろん、典代さんも盛大に心配して世話を焼いている。

『ほら百ちゃん、夏でも足腰は冷やしちゃ駄目よう。短いスカート穿《は》くなら下にタイツでも穿きなさい』

『わかった～。ねー典ちゃん、克ちゃんが魚釣ってきたんだけど食べていいの？』

『お刺身はよしときなさい、私が煮つけてあげるから』

そんな会話を交わす典代さんと百花さん。もしかしたら世話焼きタイプと世話焼かれタイプで、相性がいいのかもしれない。

これで双子の赤ちゃんが生まれようものなら、九十九家がどれほど騒がしくなるかは目に浮かぶ。きっと太陽のお世話がなくなったからといって、典代さんが心身を弱らせている暇なんかないだろう。

私たちが新しい家庭を築き未来に向かって歩むように、典代さんや佳代さん、紗代さん、それに克典さんと百花さんも新しい家族の形になって未来へ歩いていく。

結婚後は浜松町へ引っ越すと話した私に、典代さんはとても寂しそうだったけれど、その顔に落胆や悲しみの色はなくて安堵した。

きっと彼女はこれからも元気に曾孫《ひまご》や家族の世話を焼き、時々会いにくる太陽にも変わらぬ愛情を向けてくれるだろう。

『太陽ちゃん、パパと新しいおうちで暮らせてよかったわねえ』

典代さんは最後まで太陽に『寂しい』とはひと言も言わなかった。ただ太陽がパパと暮らせることを喜び続けてくれた。

そんな心優しいおばあちゃんが、太陽は大好きだ。

『あのねーたぁくんおばあちゃんだーいすきだから、あそびにきてあげるね。だからねーおばあちゃんも、たぁくんちあそびにきていいからね』

『あらまあ、嬉しい。おばあちゃん楽しみにしてるからね』

『うん。たぁくんまってるね、またね』

島から引っ越す日、太陽が泣かずにそう言えたのはきっと典代さんのおかげだ。後ろ髪引かれるような別れではなく、お互いの新しい未来を喜び合える。離れたってお互いを大切に思う心は何も変わらないと誓える、そんな素敵な『またね』だった。

──そうして迎えた今日の結婚式。

もう引っ越しは住んでいるので、正真正銘今日が島での最後の日になる。そう思うと込み上げてくるものがあって、太陽は泣かなかったというのに私のほうが涙が零れそうだった。

誓いのキスをして式を終えたあとは、そのままガーデンパーティーとなる。

庭のテーブルに並べられたご馳走はホテルのご厚意で、島の材料をふんだんに使った料理だ。立食形式で皆が歓談《かんだん》しながら楽しんでいる間、私と豪さんと太陽はカメラマンにウエディングフォトを撮ってもらった。

今日は快晴。真っ青な空と海に、ドレスとタキシードの白が映える。北の空を見上げれば、島の象徴である火山が見える。その景色のなんて雄大なことだろう。

私と太陽を見守ってくれた海と山。支え続けてくれた温かい人たち。泣きながらやって来たこの島に、私は人生を救われたんだ。

あのとき、この島へ来てよかった。お腹に宿った命をあきらめなくてよかった。豪さんが海を越えて私を見つけてくれて、よかった。

「豪さん、太陽、私世界一幸せ」

太陽を抱きかかえ豪さんに微笑めば、彼は頬を染め輝くような笑みを浮かべた。

「それは俺の台詞だよ。きみがいてくれる限り、俺は世界一の幸せ者だ。ありがとう、すず。俺と出会ってくれて。俺と共に生きることをあきらめないでくれて」

聞きなれた愛の言葉も、今日は特別だ。彼の想いが嬉しくてはにかめば、豪さんは私の頬にそっと口づけた。

「たぁくんもねー、ママとパパだいすき」

太陽が豪さんを真似して、逆側の私の頬にチュッとキスをする。

そんな幸せな一瞬を、カメラのシャッターが切り取って、色褪せない思い出のフォトグラフにした。

END

番外編　愛情過多な夫婦の由々しき問題

結婚式を終え、新居に引っ越し一ヶ月が経った。

生活は順調。私も豪さんも改めて、愛する家族が一緒に暮らせる喜びを噛みしめている。……ただし。

「パパ、おやすみなさーい」

「お、おやすみなさい、豪さん」

「……うん。おやすみなさい」

夜九時。太陽と私は一緒にベッドへ向かう。豪さんはそれをどことなく寂しげな表情で見つめていた。

新居は以前豪さんが住んでいたマンションよりさらに広く、部屋数も多い。けれどそれぞれに個室があることは変わらず、太陽の部屋にはシングルベッド、私の部屋にはセミダブルベッドが備えてある。以前と違うのは豪さんの個室にあるのはシングルベッドで、それとは別に大きなダブルベッドを備えた夫婦の寝室があるということだ。

そう、豪さんは新居にわざわざ私と寝るための寝室をあつらえたのだ。けれどこのマンションへ引っ越して一ヶ月——なんと私たちはまだベッドを共にしていない。一応は新婚だというのに。

それというのも、引っ越してから太陽の眠りが浅いことが原因だ。

太陽は赤ちゃんのときから九十九家の一室でずっと私と一緒に寝ていた。だからまだひとりでは眠れないことも、年齢を考えれば無理もないだろう。

けれど以前は眠ってしまえばそう簡単には起きなかったのだけど、最近は私が離れるとすぐに目を覚ましてしまう。寝かしつけをしたあと、ベッドから抜け出せない。

環境が変わったせいで少し敏感になっているのかもしれない。そう思ってあまり気にしていなかったのだけど、一ヶ月経っても眠りが浅いことに変わりはなかった。

そんなわけで私は現状、毎晩太陽と寝ている。

夜九時にはベッドに入り、太陽が眠ってからはそのまま本を読んだりスマートフォンを弄ったりして十時には寝てしまう。島にいた頃から大体こんな早寝早起きの生活だったので、私としては特に不便はない。

不便はないのだけれど……やっぱり夫婦の時間がまったく取れないというのは問題だ。

豪さんは日によって帰宅時間が違う。私と太陽が起きているうちに帰りたいから週に二、三日は夜七時前に帰宅するよう努めているみたいだけど、それでも会議や商談が長引いたり、出張があったり、日によっては避けられない会食があったりして太陽が寝る前どころか深夜の帰宅になることもある。やっぱり副社長という立場は忙しいのだなあと感じると共に、島へ通っていた頃はどれだけ無理をしていたんだと今更心配になる。

しかし早く帰宅しようが遅く帰宅しようが、寝るときの豪さんはひとりぼっちだ。

休日も同じ。就寝時に太陽が私を放してくれないのだから仕方ない。

初めの頃は太陽が寝入ってからそっとベッドを抜け出そうと試みたりもしたのだけど、驚くほど敏感に起きてしまう。トイレに行ったときでさえ目を覚まし、『ママがいない～』とグズられてしまったほどだ。

そのうち私も半ばあきらめてしまって、太陽と一緒にぐっすり眠るようになってしまった。もともと太陽が生まれたときからこういう生活だったのだ、ふたりして体に染みついてしまったリズムなのかもしれない。

けどまあ、太陽ももうすぐ四歳になるし来年の春からは幼稚園にも通う。そうなれば自然とひとりで眠れるようになるだろう。……なんて呑気に考えるのは、私が女性だからだろうか。

就寝時の太陽がママを離さないと判明して十日も経った頃から、豪さんの『おやすみなさい』にどことなく覇気《はき》がない。笑顔だけどものすごく寂しそうなオーラを背負ってるように見えるのは、絶対錯覚ではないはずだ。

私だって彼とベッドを共にしたいけど、その気持ちは豪さんのほうがずっと強いだろうなと思う。肉体的な欲求もそうだろうし、彼の私への執着ともいえる愛の強さを考えれば自明の理だ。

けど、だからといって私にも太陽にも無理を強いないのが彼のいいところだ。昔からそう、豪さんは私の気持ちを何より優先して耐えてくれる。恋人だった頃も私たちは大人とは思えないほどゆっくりとしたペースで進んだのだから。

でもさすがに今回は可哀相な気がする。

豪さんはこんなに一途《いちず》に私を思ってくれているのに、体を重ねたのはまだたったの二回しかない。一回目は恋人時代の初めての夜、二回目は今年の春に豪さんのマンションに泊まったときだった。

彼は決して淡白なわけではないと思う。関心がないのだったら、今回だってこんなに落ち込んでいない。ただものすごく忍耐強いのだ。

けれどその忍耐も、ようやく結婚して私と暮らせるようになったのにお預けの毎日では、さすがに肩を落とすというものだろう。むしろそばにいる分、耐えるのが大変なのかもしれない。……男の人の事情はよくわからないけど。

とにかく、このままでは豪さんが気の毒だし、やっぱり夫婦としてもよくないと思う。

そんなわけでとある休日の土曜日。太陽がお気に入りの動画『はたらくおふね』を観ている間に、夫婦会議をすることにした。

「新しい環境に慣れてないから眠りが浅いのかと思ってたんだけど、そうじゃないのかも。もう引っ越して一ヶ月も経つもんね」

「ベッドの寝心地がよくないとか……。島では布団で寝ていたんだよね？　ここでも布団にしてみようか」

「うーん、それより運動量が足りないのかも。毎日公園に連れていってるけど、体が疲れてないのかな」

「なるほど。そういえば前のマンションに来たときはよく寝てたもんな。あのときは随分はしゃいで疲れきってたし、それは一理ありそうだ」

リビングのテーブルでそんなことをコソコソと話していると、動画を観終えた太陽がソファーからピョンと飛び下りてこちらへ走ってきた。

「ママ、たぁくんおふねみにいきたくなっちゃった」

それを聞いた豪さんがすかさず椅子から立ち上がり、太陽を抱き上げる。

「よーし、じゃあ埠頭公園に行こう！　他にも遊具のある公園やキッズパークも連れていってあげるぞ！」

「やったー！　パパだいすき！」

どうやら早速、太陽を遊ばせ尽くして疲れさせる作戦に出たようだ。豪さんは私たちに無理強いはしないけれど、目的のために自分が努力するのは惜しまない。

そうしてこの日はふたつも公園を巡り、さらに室内キッズパークで遊ばせ、最後はおもちゃを買いにいくというフルコースを企てたのだった。

……しかし。

「たぁくんねーおおがたきゃくせんより、かもつせんのほうがすきだなー。あとね、つりぎょせんとかー、さしあみぎょせんとかー、トロールせんとかー」

「うん……。太陽、そろそろ寝よっか。お喋りはまた明日ね」

「ママまだねないで！　たぁくんのおはなしまだあるよ」

興奮させすぎた。すっかり脳が覚醒《かくせい》してしまった太陽は眠るどころか十一時近くまで目を爛々《らんらん》と輝かせ、ベッドの中でのべつ幕なしに船を語り尽くした。

そうしてようやく電池が切れた十一時。いつも早寝の私は太陽と共に撃沈してしまい、そのまま朝を迎えたのだった。

「昨日は刺激が強すぎたんだと思う。今日は体のみを疲れさせよう」

翌日の日曜日。私たちは太陽が朝の幼児番組を観て踊っている間に、再び夫婦会議を開いた。

昨日は大好きなお船を見て、初めての場所にも行って、大きなおもちゃ屋さんにも行ってと、刺激が多すぎたのだ。眠りは深かったかもしれないけど、そこに至るまで頭が冴えすぎてしまった。

というわけで本日は太陽にたくさん運動させることにした。

マンションには住民専用のプレイロットがある。まずはそこで追いかけっこをして太陽を走り回らせる作戦だ。

ところが、本日は日曜日。プレイロットには他にも小さい子供が四、五人ほどいて、太陽と追いかけっこをしていたはずの豪さんは、気がつくと他の子供たちも交えた鬼ごっこをしていた。豪さんはチョロチョロと走り回る子供たちを追いかけ、あっちこっちに走り回っている。

「すみません、うちの子まで遊んでもらっちゃって」

ベンチに座って苦笑しながらその光景を見ていたら、子供を連れてきていたママたちがそう声をかけてきた。

「パパさん、子供といっぱい遊んでくれていいですね。優しそう」

「カッコいいパパさんですよね。子供好きなんですか？　みんなすごい懐いてる」

ママさんたちが豪さんを褒めそやすのを、私はなんと答えていいものかわからず、ただ微笑んで「ええ、まあ」と適当に相槌を打った。

確かに豪さんはニコニコしていて優しい。けれどそれは私と太陽とその周囲の人たち限定だ。それ以外の人には不愛想で無口で目つきが悪いなんて、笑顔で子供たちと鬼ごっこしてる姿からは想像がつかないだろうなとこっそり思う。

お昼のチャイムを合図に鬼ごっこはお開きとなり、「たのしかったー！」とお友達と遊んで満足そうな太陽と、確実に太陽の十倍以上は走り回った豪さんが私のもとへ戻ってきた。

「お疲れ様。大丈夫？」

「これくらい平気だよ。お昼食べたらまた次の作戦に移ろう」

午後からはスポーツクラブのプールへ行った。

ここはもともと豪さんが通っていたところで、私と太陽も引っ越してきてから入会した。平日は空いているし子供が練習できるプールもあるので、何回か来たことがある。

豪さんは子供用のプールで太陽に泳ぎを教えてあげた。私も一応水着に着替えたものの、あまり泳ぐのは得意ではないのでふたりの様子を見学している。

微笑ましい気持ちで眺めつつ、本来の目的は夜ベッドを共にすることなのだと思うと、なんだかちょっぴり後ろめたさが湧いてくる。そのうえ豪さんは水着姿もカッコいいのだ。引き締まっている体はしっかり筋肉も帯びていて大人の色気が漂う。彼の素肌は見たことがあるけれど、明るいところで見るとまた違った美しさがあるな、なんて密かに感心した。

そんな彼の素肌に今夜触れるのだと思うと、嫌でも胸が高鳴ってくる。

ちなみに私はセパレートのフィットネス水着なので、露出も色気もまったくない。まあこんなところでドキドキするのは間違っているとは思うけど。

そうして二時間ほど太陽に泳ぎの練習をさせたあとは、おやつを買って家に帰った。

気をつけなくてはいけないのは、今の時点では太陽を疲れさせすぎないことだ。体力が尽きると子供はいきなり寝てしまう。ここでお昼寝してしまったら今日の努力が水の泡になる。それだけは避けたい。

家に帰ってからは室内遊びでそこそこ体力を使わせる作戦にした。ボールプールや室内用のジャングルジムを出して、遊び相手をしてあげる。

今日はパパがずっと相手をしてくれているせいか、太陽は豪さんにべったりだ。私もボールを投げたり、声をかけたりはしているけど、太陽はパパと全力で遊びたがっている。そして息子から求められればそれに応えるのが豪さんだ。

太陽に何度もボールのシャワーを浴びせたり、抱っこしてジャングルジムのてっぺんに乗せてあげたりと、せわしない。やがて肩車や飛行機ごっこまで始めて、晩ご飯の時間まで太陽はたっぷりとパパを堪能したのだった。

それにしてもほとんど休みなく幼児の遊びに応えてあげる豪さん、根性も体力もすごいなと思う。太陽を溺愛している私だけど、さすがにここまで間髪入れずに遊び尽くしてあげたことはない。豪さんの息子への愛と、今夜への期待がなせる業《わざ》だろうか。

一日遊び尽くしてお腹ペコペコの太陽は、晩ご飯をいっぱい食べた。そして温かいお風呂に入ってリラックスしたところで……ついに瞼が重くなってきた。

「たぁくんまだあそぶ……。パパとおさかなのほんよむ……」

夜八時半。そう言って眠い目をこすりながら睡魔に抗っていた太陽だけど、あくびが絶えない。

「じゃあベッドで読んであげようか」

豪さんはそう言って、太陽のベッドで添い寝しながら本を読んであげた。そういえば彼が寝かしつけをするのは初めてだ。太陽とパパとの絆が深まったことが喜ばしい一方で、ママじゃなくても平気になったことに一抹《いちまつ》の寂しさも感じる。

そんな親ならではの感慨に耽りながら、私はひとりリビングで豪さんが戻ってくるのを待った。

今日はあれだけ体を動かしたのだ。間違いなくぐっすり眠るだろう。そんな確信を抱きつつ、肌の手入れをする。

お気に入りのボディクリームを塗って、腕も脚もスベスベだ。今夜はランジェリーもちょっと色気のあるものを選んだ。私だって豪さんとの夜をずっと待ち望んでいたのだ、気合いだって入る。

……しかし。

「……遅いな」

豪さんと太陽がベッドへ向かってから三十分。あれほどあくびを連発していたのだから今日の太陽は即寝だと思っていたのだけど、やけに時間がかかっている。

もしやまた目が冴えてしまったのだろうかと思いながらそっと部屋を覗きにいくと、まさかの光景が目に飛び込んできた。

「そうきたか～」

小声で呟いて私は肩を落とす。

電気がついたままの子供部屋。ベッドでは絵本を広げたままスヤスヤと寝息を立てる太陽と豪さんの姿が。

「……四歳児の遊びにフルで付き合ってあげたんだもんね。仕方ないか」

まあちょっぴり、そんな予感はしていたけど。

いくら豪さんに体力があるとはいっても、普段デスクワークをしている大人では無《む》尽蔵《じんぞう》の子供の体力には敵わない。しかも豪さんは昨日だってあちこちに太陽を連れていってあげて疲れているのだ。そもそも社会人の休日は仕事の疲れをリセットするものでもある。平日の疲れに加え、お出かけの疲れ、そして全力遊びの疲れ。添い寝で寝落ちするのも当然かもしれない。

彼を起こすべきか少し考えたけれど、結局やめた。ふたりに布団をかけ直し絵本を片付け、電気を消して部屋から出る。

「おやすみ、豪さん、太陽」

多分豪さんは朝まで目覚めないだろう。太陽と同じでぐっすり眠っている。シングルベッドだけど小さな太陽と寄り添って眠る分には、それほど狭くもないみたいだ。

リビングに戻った私は、さてどうしようかと考える。夫婦の時間がなくなってしまったのは残念だけど、この時間にひとり自由なのは貴重だ。

私は気持ちを切り替えると冷蔵庫からお気に入りのスパークリングワインを取り出し、観たかった映画を片っ端から堪能することにした。

「ごめん、すず……。本当にごめん……」

「おはよう」よりも先に謝罪しながらキッチンに入ってきた豪さんは、世界が終わるような途方に暮れた顔をしていた。

「おはよう、豪さん。よく眠れた？」

朝食の卵をボウルでかき混ぜながらちょっぴり揶揄《からか》うと、豪さんは両手で顔を覆って「ごめんなさい……」とますます絶望してしまった。

「もー、冗談だって。怒ってないから謝らないで。いつも寝落ちしちゃって起きられないのは私のほうなんだから。それに豪さん、昨日も一昨日も頑張りすぎだよ。疲れちゃったのも当然だよね。豪さんに頼りすぎず私ももっと頑張ればよかった、ごめんね」

笑って彼の頭を撫でてあげると「すず……！」と勢いよく抱きしめられてしまった。

「すずが謝ることないよ。俺、二度と寝落ちしないようにもっと体力つけるから」

「ひとりで頑張りすぎないで。豪さんはもう十分すぎるくらい頑張ってるんだから」

「……すずは優しいね。俺の奥さんは世界一優しい。愛してるよ」

夫婦になっても彼の甘い言葉は相変わらずだ。豪さんはうっとりした目で私を見つめると、抱きしめたままキスをした。

……そのとき、あることに気づいてハッと目を開けたのはふたり同時だった。

「太陽が起きるのって……？」

「……八時」

「今……」

「七時六分……」

添い寝をしているとき、私がいなくなると太陽はすぐ目を覚ましてしまう。けれどそれは夜のことだ。島にいたときから朝は毎日、私は一時間早く起きて身支度と朝食の支度をする。そして太陽は私が起こすまで……起きてこない。

突然チャンスに気づいた私と豪さんは、揃って顔を赤くする。あれだけ色々考えて手を尽くしたというのに、まさかこんな方法があったなんて。

けれど、窓からはレースのカーテン越しに爽やかな朝の光が降り注ぎ、部屋は眩いほど明るい。

顔を熱くしたまま戸惑っていると、チュッと唇に軽くキスが落とされた。

「……駄目？」

「えっと……っていうか、豪さん出勤時間は……？」

「今日は朝会議がないからフレックス。遅くとも九時に出れば平気だよ」

答える合間にも、豪さんのキスは止まらない。唇を啄み、頬や鼻先や瞼にもチュッチュと口づける。

「すずは嫌？」

そう聞きながらも、抱きしめる腕に力が籠もる。私は顔を真っ赤にしながら「あ、明るすぎて恥ずかしいっていうか……あ、朝だし……」とモゴモゴ答える。これから仕事にいく人とそういうことをするのってどうなんだろう。変な後ろめたさが湧く。

豪さんは腕をほどかないまま少し口を噤んでいたけど、やがてゆっくりと私を放した。

「そうだね。すずが恥ずかしいなら我慢する」

ギュッと自分の気持ちをこらえて、豪さんは微笑む。いつもの、私を絶対に優先してくれる強固な優しさ。……けれど。

「……うん」

気恥ずかしさが拭えなくてはにかんだ笑みを浮かべると、一度は離れた彼の腕が再び私を捕まえた。

少し強引なキスは余裕がなくて、私の唇を割って舌が入ってくる。

「ん……っ、ん」

頭も体も、熱を帯びていく。けれどもっと、私の頬を包む彼の手が熱い。

唇を離した豪さんの瞳は、少し怖いくらい私を求める色に染まっていた。

「……ごめん、やっぱり我慢できない。本当はもうとっくに限界……」

耳もとで零される本音。ゾクゾクと震える背中を、大きな手が撫でながら服を捲っていった。

「あっ……豪さん……」

「わがまま、許して。俺、すずが好きすぎるみたいだ」

耳から注ぎ込まれた言葉が、私の中で溶けて媚薬《びやく》になる。昨夜消したはずの火が体の奥で灯って、もう抗えない。

「私だって……豪さんが好き」

そう言って首に腕を回せば、息もできないほど激しいキスを落とされた。

朝とか、明るいとか、もうどうでもいい。

紆余曲折《うよきょくせつ》の果てに手に入れた時間で、私たちは夢中でお互いを求め合った。


——こうして、私たちの夫婦問題は解決した。

この日以来、私と豪さんは早寝早起きが習慣化し、朝は六時に起きるようにしている。そうしてふたりの時間をたっぷり過ごしてから、通常通りの朝のルーティーンをこなすのだ。

「それじゃあ、すず、太陽。いってきます。愛してるよ」

今日も豪さんは元気いっぱい肌艶よく出勤していく。鮫島さんによると最近の豪さんは随分機嫌がいいとのことだ。キラキラした笑顔で出勤して、社員たちの度肝《どぎも》を抜いたこともあったらしい。

出勤前にすることに罪悪感を抱いたりもしたけれど、彼にとっては最高の朝を迎えてから出社するのは活力になるのかもしれない。

ただし私は、朝からなかなか疲れてたりするのだけど。……夫婦になって諸々《もろもろ》の心配がなくなったせいか、加減がなくなったような気がする。豪さん、今まですっごく我慢してたんだなと、身を以ってわからせられた。

それでも、お互い触れられない日々が続くよりはずっと幸せだ。

すると。

「ママ。たぁくん、もうすぐおへやでひとりでねれるかも……」

豪さんを見送ったあと、太陽が突然そんなことを言い出した。

「どうして？」

驚いて聞き返すと、太陽は私の腿《もも》に抱きつきながら「あのねー」と顔を上げた。

「たぁくんもうすぐおにいちゃんになるから、だいじょうぶなの」

太陽は来週四歳の誕生日を迎える。今月は幼稚園の見学にも行ったりしたし、自分で成長を意識してるのかもしれない。

「そっかあ。太陽は偉いね、強いね。でも無理しないで、甘えたいときは甘えていいんだからね」

頭を撫でながらそう伝えると、太陽は照れくさそうに微笑んで「うん」と素直に頷いた。

「さてと。お洗濯終わったら公園でも行こっか」

「おふねのこうえんがいい!」

廊下を歩きながらそんな会話を交わしていた私は、ふと止まる。そして自分のお腹に手をあてた。

小さい子供って不思議な力があるって、聞いたことがある。もしかして……。

毎朝の愛の時間。

神様が新しい家族を授けてくれるのは、そう遠くない日のような気がした。

あとがき

こんにちは、桃城猫緒です。

このたびは「手段を選ばない腹黒御曹司はママと息子を求め尽くして離さない〜旦那様の執愛は激しすぎてストーカー寸前です〜」をお手に取ってくださり、どうもありがとうございます。ストーカー気質の御曹司ヒーローと逞しくポジティブなシングルマザーヒロイン、そして可愛い盛りのちびっこの物語、いかがでしたでしょうか。クスっとしたり、ほのぼのした気分になったりしていただけたら幸いです。

愛し合うヒーローとヒロインの物語に可愛いベビーやちびっこが登場するのは、もはや定番ともいえるほど最近の恋愛小説の人気設定ですが、ここまでしっかり子供を登場させる物語を描いたのはじつは初めてです。

愛情たっぷりに育ち自己肯定感高いスーパーポジティブな太陽くん、描いていてとっても楽しかったです！　何かと筆が詰まりがちな私ですが、太陽が出てくる場面だけはスイスイ描けちゃいました。子供の無邪気な姿は見ているだけでも頬が緩みますが、描いていても心が和むものなのですね……（もちろん育児は和むばかりではありませんが）。

他にも、メインとなる舞台が二十三区外というのも私の現代もの小説に於いてはとても珍しいです。いいですよね、伊豆諸島。お魚もおいしいし、手近な大自然という感じで大好きです。

それでは今回もこの場をお借りして、本作に携わってくださった方々にお礼申し上げたいと思います。

乃斗ナツオ様、家族三人の素敵なイラストをどうもありがとうございました。太陽とっても可愛いです！

担当様、校閲様、いつも大変お世話になっております。丁寧な確認作業、大変感謝しております。

デザイナー様、営業様、また、この作品を本にして読者様へ届けてくださった皆々様。本当にどうもありがとうございました。

そして最後に、この本を手に取ってくださったすべての方へ心からの感謝を。どうもありがとうございました！

桃城猫緒

マーマレード文庫

手段を選ばない腹黒御曹司はママと息子を求め尽くして離さない

～旦那様の執愛は激しすぎてストーカー寸前です～

2023年9月15日　第1刷発行　定価はカバーに表示してあります

著者　桃城猫緒　©NEKOO MOMOSHIRO 2023
発行人　鈴木幸辰
発行所　株式会社ハーパーコリンズ・ジャパン
東京都千代田区大手町1-5-1
電話　03-6269-2883（営業）
0570-008091（読者サービス係）
印刷・製本　中央精版印刷株式会社

Printed in Japan ©K.K. HarperCollins Japan 2023
ISBN-978-4-596-52524-6

m a r m a l a d e b u n k o